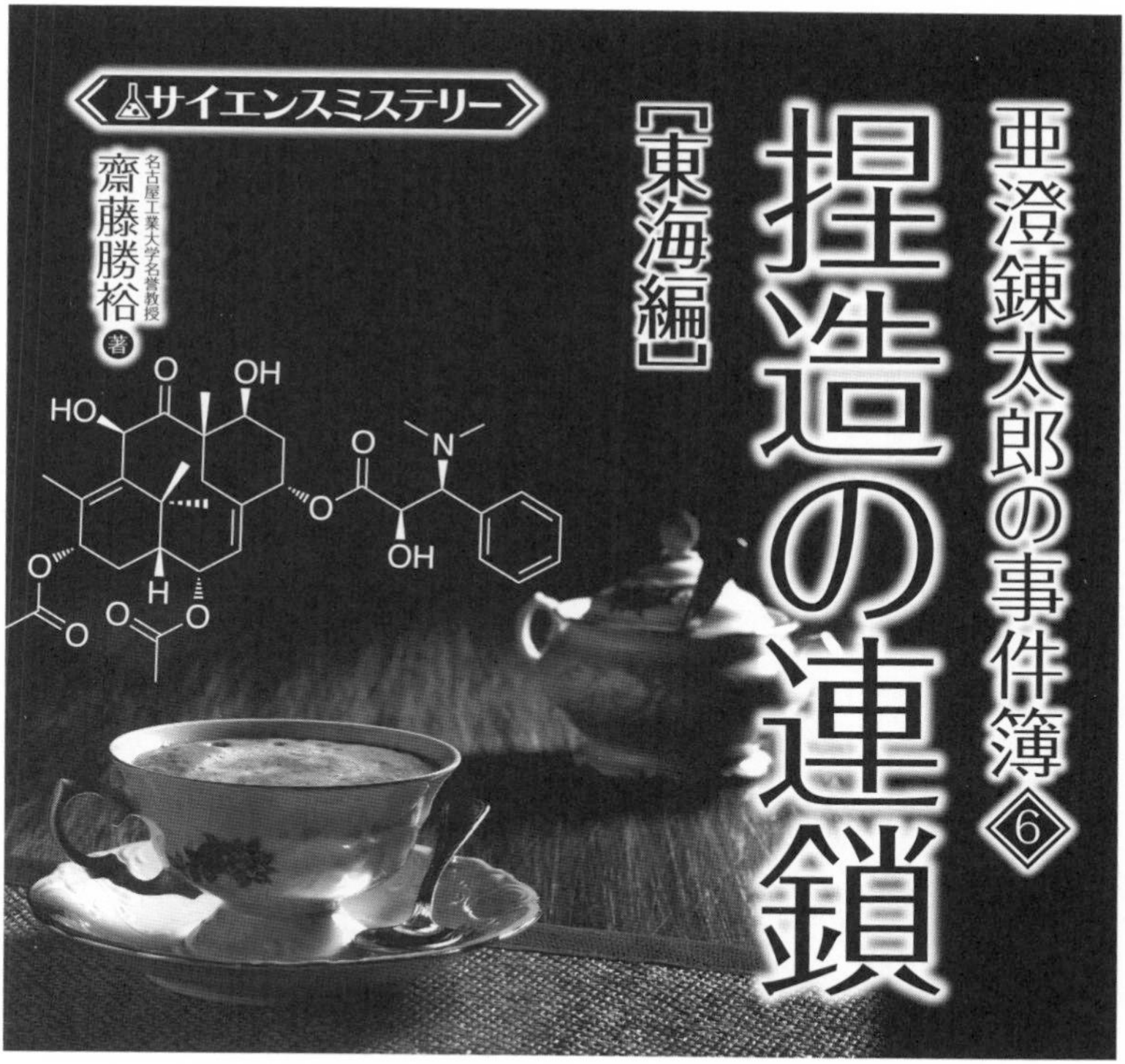

JN050339

C&R研究所

■本書について

- 本書は、2020年4月時点の情報をもとに執筆しています。
- この物語はフィクションです。実在の人物や団体などとは関係ありません。

●本書の内容に関するお問い合わせについて

この度はC&R研究所の書籍をお買いあげいただきましてありがとうございます。本書の内容に関するお問い合わせは、「書名」「該当するページ番号」「返信先」を必ず明記の上、C&R研究所のホームページ(https://www.c-r.com/)の右上の「お問い合わせ」をクリックし、専用フォームからお送りいただくか、FAXまたは郵送で次の宛先までお送りください。お電話でのお問い合わせや本書の内容とは直接的に関係のない事柄に関するご質問にはお答えできませんので、あらかじめご了承ください。

〒950-3122　新潟市北区西名目所4083-6
株式会社C&R研究所　編集部
FAX 025-258-2801
「サイエンスミステリー 亜澄錬太郎の事件簿6［東海編］　捏造の連鎖」サポート係

はじめに

読者の皆様のご後援のおかげで『亜澄錬太郎の事件簿』シリーズも、好評のうちに『日本一周シリーズ』に突入することができました。先回、その第1回として『新潟編』を発刊することが出来ましたが、ご好評をいただきましたことを厚くお礼申し上げます。

今回はそれに続く第2回として『東海編』をお送りします。

東海地方は愛知県を中心にして岐阜県、三重県、静岡県から成り立っています。愛知県は日本の物づくりの中心地、岐阜県は飛騨、白河など日本の伝統的な文化保存地区、三重県は伊勢神宮を中心とした日本民族の信仰の中心地、静岡県は楽器、スポーツなど振興文化のメッカとしてそれぞれに独特の経済圏、文化圏をかたち作っています。当然のこととして、それぞれの地に起こる事件にもそれぞれの地の文化、伝統、人間性がからんでくるはずです。

若くて文化的な素養も少ない亜澄《あずみ》と安息香《あすか》のコンビ、それを助ける水銀《みずがね》のグループワークがどのように難問を解き明かしていくか、お楽しみ頂ければ嬉しい事と思います。

令和2年4月

齋藤勝裕

登場人物紹介

◉亜澄錬太郎《あずみれんたろう》

工学部物質工学科の助教。助教というのはかつての助手である。頭脳明晰で犯罪推理に天才的な能力がある。少々理屈っぽくて偏屈な所があるが、根はスポーツマンの好男子。

◉山田安息香《やまだあすか》

博士課程1年の女子院生で、亜澄に教わって研究している。社交家で学内学外に信じられないほどの人脈を持つ。亜澄の偏屈はシャイを隠したものと見透かして、うまい具合にあしらっている。

◉水銀隆《みずがねたかし》

バリバリの刑事。亜澄とは高校時代の同級生であり、共にラグビー部に属した親友。毒物など、化学に関係した事件では率直に亜澄に相談し、これまでにも多くの助言をもらっている。

◆亜澄助教の実験室の紹介

亜澄助教の実験室の見取り図。亜澄と安息香は、日々ここで実験を行っている。

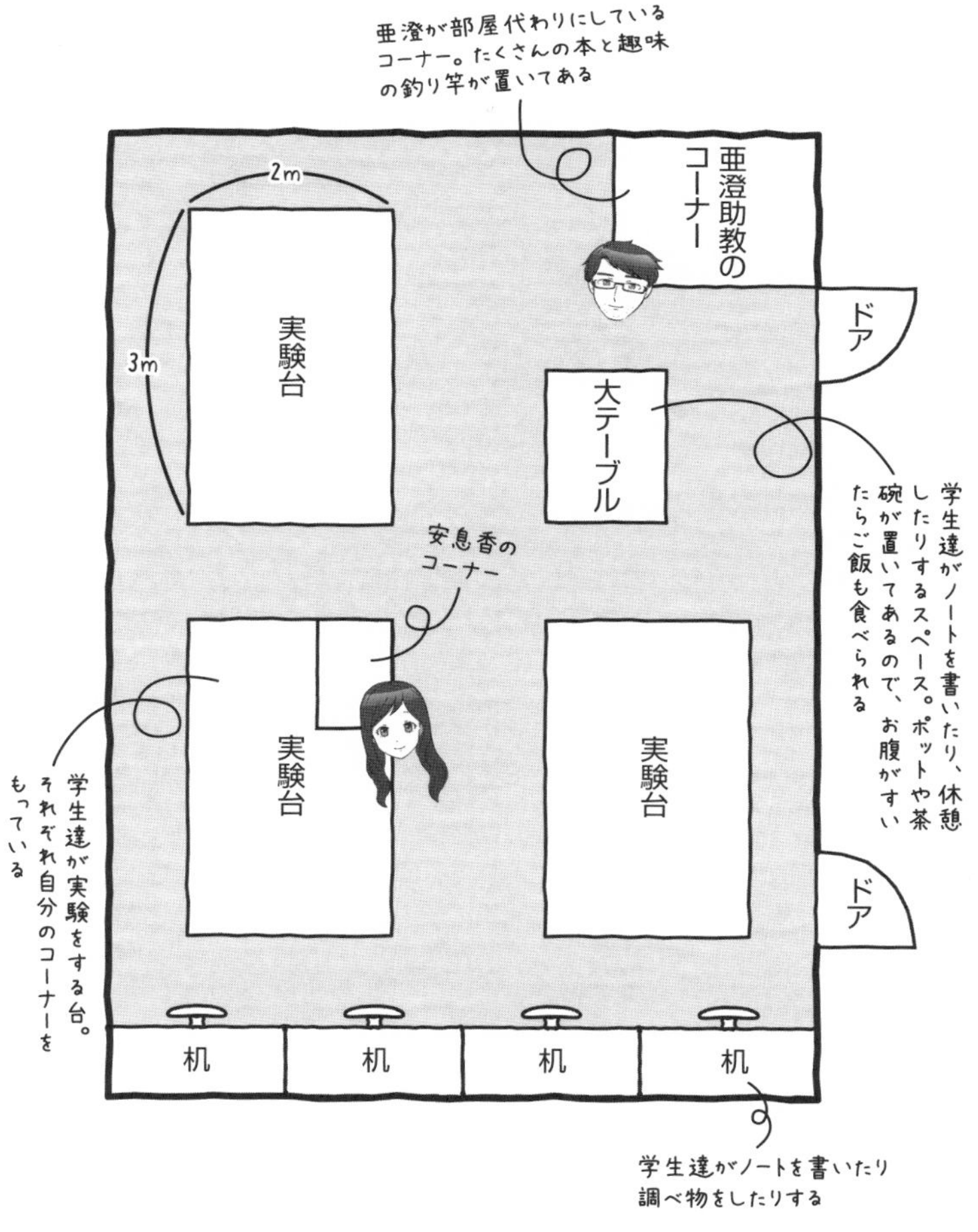

亜澄が部屋代わりにしているコーナー。たくさんの本と趣味の釣り竿が置いてある
亜澄助教のコーナー
2m
3m
実験台
ドア
大テーブル
学生達がノートを書いたり、休憩したりするスペース。ポットや茶碗が置いてあるので、お腹がすいたらご飯も食べられる
安息香のコーナー
学生達が実験をする台。それぞれ自分のコーナーをもっている
実験台
実験台
ドア
机
机
机
机
学生達がノートを書いたり調べ物をしたりする

Contents

サイエンスミステリー　亜澄錬太郎の事件簿⑥
[東海編]　捏造の連鎖

第1話

捏造の連鎖（名古屋編）

～第1話　捏造の連鎖（名古屋編）～

東海地方は愛知、岐阜、三重、静岡の4県からなる地方である。位置的には日本の太平洋岸の中央を占める要綱の地である。気候は概して穏やかであり、住みやすいと言うことが出来るだろう。

愛知県は、日本の支配者と深く関係している。鎌倉時代を開いた源頼朝は現在の名古屋市で生まれ、室町幕府を開いた足利氏は西三河地方の出身である。戦国時代には、織田信長、豊臣秀吉、徳川家康のいわゆる三英傑が誕生した。江戸の大名の多くは、この三人の配下から出た。江戸時代には、尾張は徳川御三家のひとつ尾張徳川家が支配した。

愛知県は東海地方の中心となる県であり人口は2020年4月現在で約755万人であり、東京都、神奈川県、大阪府に次いで全国で4番目に多く、5番目の埼玉県の約734万人とほぼ並んでいる。

主な都市としては県庁所在地の名古屋市、自動車のトヨタ社の所在地の豊田市の他、国立の研究施設である分子化学研究所、基礎生物学研究所、生理学研究所のいわゆる岡崎三研究所を擁する岡崎市、昔の海軍工廠のあった地として知られる豊橋市などがある。

大学は名古屋市にある名古屋大学、名古屋工業大学、刈谷市にある愛知教育大学、豊橋市にある豊橋技術科学大学の国立大学、愛知県立大学、愛知県立芸術大学の県立大学、名古屋市立大学の他、多くの私立大学がある。

名古屋市の人口は233万人で東京、横浜、大阪に次いで4番目に多い。名古屋市は日本の三大都市圏の一つである中京圏を形成する政令指定都市であり、全16区から構成される。名古屋駅のある中村区、名古屋城、市庁舎、県庁舎、繁華街栄《さかえ》などを擁する中区などが良く知られている。

名古屋の名物は何と言っても「尾張名古屋は城でもつ」と言われた名古屋城であり、その天守閣に輝く黄金の金シャチ飾りであろう。食べ物としては、味噌カツ、エビフライ、ウナギのかば焼きをご飯に混ぜたひつまぶしなどが有名である。

◉名古屋城

＊＊＊

愛知総合大学は国立大学の中でも、歴史はともかく、実績ではトップ数校の中に入ろうという、意気込みの高い大学である。全ての学部がその様な高い意識の下で研究しているが、民間企業と密接な関係にある工学部も例外ではない。

この大学の工学部では、斬新な制度を取り入れていた。これまでの大学の多くは講座制である。これは教授をトップに、准教授、助教の３人が講座と言う名前のチームを組み、学生も含めた全員がほぼ同じような研究テーマの下に研究を行う方法である。

このやり方は効率的には優れているだろうが、どうしても教授の意向が強く働き、若い助教は自由闊達な研究をやり難いと言う弊害がある。そこでこの大学が取り入れたのは独立研究制という方法である。この方法では、教官は教授から助教まで、原則として独立して研究する。もちろん、何人かの教官が自主的に集まってチームを組むのは自由である。

卒研生（４年生）はどの教官に着いて教えを乞うか自由である。つまり、教官を選ぶことは出来るが、それでは人気教官に学生が殺到し、学科運営に支障をきたすので、後で調整が行われ、学生数の比率を概ね教授：准教授：助教＝２：２：１となるようにするというものである。学生の希望が強く、調整がうまくいかない場合には最も公平な手段、つまりジャンケンやアミダクジで決まることになる。

＊＊＊

物質工学科の教授山際忠雄は助教川辺誠とチームを組んでいた。二人は、二人に自主的に配属を希望した卒研生6人と、今までの卒研生のうち、大学院の入学試験に合格して大学院生になった修士課程3人の学生とともに共同研究を行い、必要なデータを得ていた。二人の研究は概ね凡庸なものだったが、あるときとんでもないデータが出た。

それは、炭素を主体とした有機化合物と金属元素を組み合わせた化合物である有機金属化合物の超伝導性を調べていた時であった。この系統の化合物は、それまでは液体ヘリウム温度のマイナス260℃程度にならないと超伝導性が現われなかったのが、今回は突如、マイナス200℃という、それまでこの系統の化合物では実現したことの無い高い温度で超伝導性が現われたのである。

二人は驚き、喜んでその結果を報告に纏めて学会誌に報告した。学会誌の編集部に送られた報告はレフリーと呼ばれる、その研究分野での世界でも優れた研究者に送られ、審査される。その結果、採用する価値があると認定されると学会誌に記載されると同時にネットで世界中に配信される。

この様な報告をこの分野では審査有り報告と呼んで、その研究者の業績として後の昇格などの資料として重視される。それに対して、学会誌の中には審査を行わず、提出された報告は何でもかんでも記載するものもある。

この様な学会誌は論文記載のための手数料が高く、その手数料で経営していることもある。一般にこの様な報告は軽く扱われ、権威ある大学では研究者の業績と認めないこともある。

二人の研究のあまりに素晴らしい成果は学会でも評判になった。ニュースは世界中の研究者の間を駆け巡った。一般のニュースでも報道された。ある解説者などは「これは日本が誇る研究である」とまで持ち上げた。二人は時の人となり、テレビを掛け持ちで実験の成果と意義を解説した。忙しくて研究する間はもちろん、研究を振り返る時間も無いような数カ月が過ぎた。

ほとぼりが冷めた所で、二人は研究を再開した。まずは先回、素晴らしい成果を出してくれた化合物の誘導体を使って似たようなデータを得ようと、いわば前回の確認実験のようなことから始めた。

ところが、何回実験しても前回のような画期的なデータは出てこない。それまでのように液体ヘリウム温度にならなければ超伝導性は出てこないのである。

焦った二人はどうしたことだと思いながら、念の為、前回の実験をそっくりそのまま再実験した。しかし、前回のような結果は現れない。二人は青くなった。大変なことになったと必死になって調べたが実験に間違いは無かった。全て予定の通りに行われていた。ところが、とんでもない所にミスがあった。測定機に故障が起きていたことがわかった。前回の「素晴らしいデータ」は測定器のエラーだったのである。致命的なエラーである。

しかし、世界中がこのデータで湧いている。世界中の研究者は二人のさらなる業績を待っている。二人の実験手腕は正しく神の手のように思われ、期待されているのである。今更間違いでしたスミマセンと謝るだけで済む話ではない。

こうなっては仕方がない。二人は類似の化合物を作って類似の実験を行い、類似の偽データを作って学会に報告した。

このことに気付いたのは准教授の吉越章之だった。吉越は二人と直接グループを組んだわけではないが、二人と似た研究をしていたことから、二人の協力者のような立場でディスカッションに加わっていた。学生を加えてのゼミも合同で開いていた。したがって二人の研究方針も、得られた実験データもおおよそは知っていた。それから考えると、今までの二人の研究の流れから行って、吉越には今回のような画期的なデータが生まれるとは思われなかった。

何処かおかしい。そう考えた吉越は今までのゼミで提出された資料を見直してみた。やはりおかしい。二人に着いて実際の実験を行った院生に話を聞いてみた。院生は、最近は肝心な実験は教授と助教だけでやっており、学生は二人のための準備的な仕事しかやらしてもらえないと話した。最近の二人の学会報告のデータは二人だけで行った実験によるものであり、私たちにはどうしてあのようなデータが出るのか分からないとも言った。

もはや明らかだ。二人は捏造実験をやっているのだ。この様な事は研究を冒涜するものだ。世界中の科学者に多大な迷惑を掛ける。一刻も速く不正をたださなければならない。吉越は二人に修正報告を出すように迫った。

しかし、そんな報告を出したら二人は大変なことになる。二人の研究者生命は絶たれる。もう、学会で二人を相手にする者はいなくなるだろう。とはいえ、修正報告を出さなければ吉越が大学と学会に二人の不正行為を告発するだろう。その場合は、二人は研究者生命はもとより、大学での職まで失ってしまうだろう。

こうなっては仕方がない。山際と川辺は共謀して吉越を殺害することにした。高温高圧状態で行う実験装置に爆薬を仕掛けたのである。吉越が装置を駆動させ、運転状況を確認しているところを見計らって信管のスイッチを入れた。吉越はひとたまりもなく吹き飛んだ。信管は二人で警官が来る前に隠した。爆薬は液体爆弾を用いた。そして爆発の後、周辺の消火器を全て持ってこさせて入念に消化液を撒き、その後、念のためにと水を撒いた。これで爆薬の残渣はもちろん、爆薬を用いたと思わせる物も残ることは無い。

＊＊＊

吉越の妻かなえは別の大学、金鯱大学の工学部応用化学科で助教をやっていた。夫の研究室で凄いデータが出たとの報告を見て吉越に話したところ、吉越はこの研究はおかしいという。実験データを捏造したのではないかという驚くべき事実を話してくれた。これは学会のためにも、これからこの分野を研究する研究者のためにも、疑いを晴らしておく必要がある、と吉越は言った。

その夫が爆死した。あれだけ実験にこだわり、実験に準備を重ね、学生のためにも安全を第一に考えていた夫が、あのような爆発事故を起こすとは考えられない。これは誰かの陰謀なのではないか？　夫は誰かに殺されたのではないか？　かなえはその思いに取りつかれ、よく眠ることもできなくなった。

思い余ったかなえは思い切って研究室に山際を訪ね、吉越に聞いた通りのことを話した。私も、この研究は素晴らしいと思うが、夫が残してくれたあなたの研究室のゼミのデータを見ると、データの解釈には疑問を感じる。さらに、最近、この研究の結果を補強するような実験事実が先生の研究室から立て続けに報告されているのは不思議としか言いようがない。このことは大学と学会にも報告しておくと言って研究室を去った。

翌日の晩、山際はアポも無くかなえのマンションを訪ねてきた。何事かと驚くかなえに、突然土下座して捏造を詫びた。このうえは、学会と大学にその旨を報告し、処置を待つ所存であると言った。その言葉を聞き、かなえは山際の潔さに胸を撃たれた。

夫の思いが報われたと思い、思わず涙ぐんだかなえはコーヒーを入れに台所に向かおうとした。その隙に、山際がかなえの顔にクロロホルムを染ませたハンカチを押し付けた。クロロホルムは麻酔性のある液体で、沸点が低く、揮発しやすい薬品である。突然のことでクロロホルムの気体を胸深く吸い込んだかなえは呆気なく気絶してしまった。

山際は気絶したかなえをベランダに運び、投げ捨てた。かなえのパソコンには、夫を亡くして生きる気力を失ったとの遺言を残した。

持ってきたシリコン樹脂と低融点合金でマンションのカギを複製し、鍵をかけてマンションを出た。警察はかなえが家の中から鍵を掛けて自殺をしたものと思うであろう。

この間、川辺は大学に残って山際のアリバイ作りを行っていた。山際の教官室の隣は小さなゼミ室になっており、教官室から直接出入りできる構造になっていた。山際が出てから10分ほど経った頃、川辺は学生をゼミ室に呼んで研究の打ち合わせをした。その時、山際の部屋から「川辺君ちょっと来てくれないか」と山際の声がした。「はい」と答えて川辺は部屋に入り、なにごとか話をすると戻ってきて研究の話に戻った。

それから30分ほどするとまた別の学生をゼミ室に呼んだ。このときも山際の声がし、川辺は部屋に入って何事か話していた。もちろん川辺が山際の録音音声を操作して流していたものである。1時間ほどで、犯行を終えた山際が戻ってきた。

＊＊＊

かなえが亡くなって1カ月も経った頃、川辺に変化が現われた。表情が暗くなり、うつ病の気配がしてきた。川辺は山際に「もう我慢できません。警察に行って全てを話そうと思います」と言った。驚いたのは山際である。川辺に自首されたらどうなる？　とんでもないことだ。何としても自首はくい留めなければならない。しかし、川辺は半ばうつ状態だ。説得して聞くような状態ではない。ではどうする？　川辺を消す以外無い。

金曜の夜、山際は実験室を覗いて、学生に私は帰るからといって研究室を出て、大学の正門で守衛に挨拶をして大学を後にした。しかし、闇にまぎれて守衛のいない裏門から大学に戻り、川辺の部屋に行って、川辺にコーヒーを入れてくれるよう頼んだ。二人でコーヒーを飲みながら話をし、川辺の隙を見てコーヒーにタキシンを入れた。

山際は川辺のパソコンに遺書を打ち込み、そのまま闇にまぎれて裏門から大学を後にした。

川辺はうつ病から発作的に自殺を図ったものとして処理された。

みなさん、安息香です。研究データの捏造が大変な事件にまで発展してしまいました。亜澄先生はどのようにして犯人を特定するのでしょうか？　それではトリック解明編をお楽しみください。

トリック解明編

「先生、先生、大変な事が起きました」
「どうした安息香、ガレージに住み着いたと言うネコ君が赤ちゃんでも産んだか？何匹だ？研究室で処理できそうか？誰が何匹引き取れるか聞いてあげようか？」

二人の会話はいつもこの調子で幕を開ける。先生と呼ばれたのはこの大学、名古屋市のほぼ中央、千種区にある名古屋工科大学工学部物質工学科の若い助教、亜澄錬太郎《あずみれんたろう》である。一方、安息香と呼ばれたのは山田安息香《やまだあすか》、博士課程1年の女子学生である。

ここは名古屋工科大学工学部の物質工学科の秋田研究室である。秋田研究室は教授の秋田を中心に、准教授の雲井、それと亜澄の3人の教官から構成される講座である。

この講座では卒研生の直接教育担当を決める時に、学生の氏名をアイウエオ順に並べ、一番を教授、2番を准教授…として配属を決め、人数比率が教授2：準教授2：助教1の比率になるように決めると言う内々のルールになっていた。

その様なことで、全くの偶然で当時卒研生だった安息香は亜澄について直接教育を受けることになったのだが、たまたま相性が良かったのか何だか知らないが、以降、喧嘩も無く仲良く過ごして現在に至っていると言う、間柄である。

何でそうなったのかは二人も知らないが、何でも安息香は事件を嗅ぎ取る嗅覚が犬の何倍か鋭く(亜澄の見解)、一方亜澄は事件の本質を見極める解析力がネコ?の何倍か匠み(安息香の見解)ということで、これまでに数々の難事件を解決に導いた実績がある。

しかし、そうなったのは実は影の実力者がいるせいであり、それは亜澄と高校の同窓生の水銀隆《みずがね》である。水銀は、現在は警視庁から愛知県警に出向しているが、刑事事件のために生まれてきた猟犬のような男である。どのような事件であれ、事件には全て食らいつき、豚のように(失礼!)貪欲にデータと証拠を漁り、亜澄に報告する。そのおかげで亜澄も正確で十分な知見と証拠を基にして、的確にして正しい判断を下すことが出来るのである。

亜澄が現代の名探偵と呼ばれることがあるのは、亜澄一人の明晰さによるものではなく、安息香の犬のような嗅覚と、水銀のブタのような(重ね重ね失礼!)収集能力と、亜澄の老獪?なネコのような解析力との相乗作用の結果なのである。


「先生、何をバカなことを言ってるんですか?」

安息香はいつもこの調子である。東京の下町に育った安息香の家族の話しぶりはいつだってこんなものである。少々テンポが遅れがちな亜澄も最近は幾分慣れてきた。慣れてきたと言うより、安息香に鍛えられてきたと言うことであろう。

「で、どうした? その大変な事ってのは?」

「愛知総合大学の助教の先生が自殺したんですよ」

「そうか」

「先生驚かないんですか？」

「そりゃ驚かないことも無いけど、自殺は珍しい事でもないよ。それに愛知総合大学の助教といったって沢山いるからな。誰なんだ？　その自殺したって人は？」

「それが、例の高温超電導体の人なんですよ」

「なんだって、それじゃ川辺さんか？」

「そうです。その川辺さんですよ」

　亜澄は有機分子の持ついろいろの新しい物性を研究している。その中には有機ＥＬに用いられる発光性や、伝導性、磁性など、今までの有機物には考えらえなかった性質がある。極低温で電気抵抗無に電流を通すと言う超伝導性もあった。川辺は教授の山際との共同研究でこれまでにないほど高い温度で超電導性発現に成功し、学会でも話題になった人物である。

「何で川辺さんが自殺なんかしたんだ？」

「そんなこと私に聞いたってわかるはずないでしょ」

「それはそうだな」

「それだけではないんですよ」

「それだけでないっていうのは、他に何かあるのか？」

「あるんですよ。実は私が以前家庭教師で教えていた秋絵ちゃんがあそこの学科に学生してるんで、時おり話してるんですけどね」

「スゴイな安息香は。日本中に友達のネットワークが広がってるんでないか?」

「それほどでもないですけどね。それはともかく、あそこの大学、いや、あそこの学科では2カ月ほど前にも教官が亡くなってるんですよ」

「そういえばそうだったな。准教授が事故で亡くなっていたな。吉越さんとかいったかな?」

「そうです。吉越先生です。それでね、先生御存知ですか? 吉越先生は川辺先生たちと一緒に研究してるんですよ」

「へー、そうなの。川辺さんが教授の山際先生と一緒に研究してるのは知ってたけど、吉越先生とも一緒だとは知らなかった。だけど、この前の研究報告に載っていた名前は山際先生と川辺先生だけで、吉越先生の名前は無かったよな」

「そうなんですよ。秋絵ちゃんによれば、共同研究していたのは山際先生と川辺先生だけで、吉越先生はゼミを一緒にしているだけで、研究は別個にしてたんだそうですよ。

「そうか、あそこの大学は独立研究制だったもんな。一緒に研究するかどうかは教官の考えによるって言う制度だったよな。きっと山際先生と吉越先生は、研究する分野は似ているけど、方法論が異なっていたんだろうな。研究の世界ではよくあることだ。別に気にすることでもないよ」

「それはそうなんですけどね……」

「なんだ、安息香らしくない。奥歯に物の挟まった様な感じだな。歯磨きはして来たんか?」

「失礼ですね。若い女性に向かって。セクハラで訴えますよ」

「ウワ! 止めてくれ! 最近は、セクハラは禁語だからな。何でもかんでもセクハラにされちまう」

「以後気を付けてくださいね」

「失礼しました。それで、さっきの続きだけど、どうしたんだ? なにかあったんか?」

「これはね、外部には大ぴらにしてないようですけどね、吉越先生の奥さまは自殺なさってるんだそうですよ」

「なに? 吉越先生は事故死で、その奥様は自殺だってのか?」

「そうなんですよ。奥様は自殺なので、プライバシーとかってことで、あまり公にはしていないそうなんですけど、自殺には間違いないそうですよ」

「それじゃなにか? 愛知総合大学の工学部物質工学科では、この数カ月の間に准教授、その奥様、それと助教の3人が相次いで亡くなっているというのか?」

「数えてみればそうなりますね」

「数えてみればじゃないよ。数えなくったってそうなる。おかしいんじゃないか?」

「おかしいったって、事実そうなんですよ」

「事実は確かにそうだよな。しかし学科を構成する人数なんてそんなに多いものじゃない。教官数なら多くったって3、40人だろう。事故と自殺とは言ってもそのうち二人が相次いで亡くなって、そのうち一人は奥さんまで亡くなっている。これはなにかあるんでないか？」

「そうなんですよね。私も秋絵ちゃんに話を聞いた時にそんな気がしたんですよ。学科なんていう、狭い、閉じられた人間関係の中で、相次いで二人が亡くなり、その上、その方の奥様まででってのは、ちょっと変じゃないかなと思ったから先生にお知らせしたんですよ」

「そうか、そういうことか。教えてくれてありがとう。さすがは安息香だ。嗅覚だけは素晴らしい。その辺のノラ犬も顔負けだな」

「褒めて下さるのは嬉しいですけどね。ノラ君と一緒にするのは止めて下さいね」

「そうだな、今度はチワワと比べることにしよう。失礼した。しかし、この問題は放って置くこともできないような気がするな。後ろに何か大きな問題が隠されているのかもしれない」

「そうですよね。こんな時に水銀さんが近くにいて下されば力強いんですけどね」

　水銀と言うのは亜澄の高校時代の同窓生で、警視庁の刑事になった男である。ラグビーで鍛えた体力と粘り強さであらゆる事件の情報とデータを粘り強く集める能力は抜群である。これまでに亜澄、安息香と組んで、いくつもの難事件を解決してきた。

「安息香、オマエは何処まで嗅覚が鋭いんだ？　その水銀だけどな、先月警視庁から派遣されて、今は愛知県警に居るんだよ。早速、水銀に状況を聞いてみよう」

「やあ水銀か？　どうだ、元気か？　名古屋は慣れたか？」

「おお、亜澄、久しぶりだな。ようやく名古屋も慣れてな。そろそろお前を飲みに誘おうかと思ってたところだ。ところで安息香さんは元気か？」

「あったりまえだ。安息香の元気がなくなるってことは100年に1回起こるかどうかってところだな」

「そうか、それはなによりだ。それでなんだ？　急に電話を掛けて来るなんて。なにか問題が起こったか？」

「いや、問題が起こったってことではないんだがな。ちょっと気になることがあってな。それでお前が何か知ってるかなと思って電話してみたんだ」

「そうか、でなんだ？　その気になる事ってのは？」

「愛知総合大学の工学部物質工学課だけどな。昨日、助教が自殺したんだよ」

「そうか、それは大変だったな。しかし、自殺は時折起こることだ。事件ではない」

「そのとおりだ。ところがだな、同じ学科で2カ月ほど前、准教授が実験の際に事故死してるんだな」

「そうか、連続で亡くなっているのか。不幸なことだ」

「その上な」

「なんだ？　まだ何かあるんか？」

「その准教授の奥様がな、この前自殺してるんだよ」

「なに？　するとなにか？　2カ月ほどの間に同じ学科の教官二人とその奥さんの3人が死んでるってのか？」

「そうなんだ？　わずか2カ月ほどの間に3人だぞ。ちょっと変だろ？　それでお前なら何か知ってるかと思って電話してみたんだ。どうだ、何か情報は無いか？」

「そんなことを急に言われても…。いや、俺は何も知ってない。県警にも、少なくとも事件としては上がってきていないと思う。しかし、聞いてみれば気になるな。よし、調べて見る。ちょっと時間をくれ、何かわかったらお前に連絡する」

「おお、頼むぞ、じゃな」

　脇では安息香が聞き耳を立てていた。

「どうだ、安息香。聞いたとおりだ。水銀が調べてくれるそうだ。そのうちなにか知らせて来るだろうよ」

「そうですね。水銀さんなら何かの情報を掴んでくるでしょうね。

　それから2、3日後、水銀から電話が入った。

「おお、亜澄か。この前の件な、調べてみた。確かに3人亡くなっていた。最初は准教授の吉越だな。これは実験中に実験装置が爆発して亡くなった。所轄署の千種警察署が調査して事故死として処理されていた。2番目はこの准教授の奥さんだな。旦那の死の1カ月半ほど後だ。マンションのベランダからの投身自殺だった。遺書が残されていたので所轄の緑警察署が自殺として処理した。そして3番目が今回の助教、川辺の自殺だな。これも大学のある千種署が調査し、遺書があったので自殺として処理した。死因は植物アルカロイドによる中毒とのことだが、植物名までは特定されていない」

「そうか、水銀。ありがとう、よく調べてくれた。恩に着るよ。すると、1番目と3番目は千種署で処理し、2番目が緑署で処理されたってわけだな」

「そうなんだ。俺はいつも思うんだが、この辺が警察の縦割り行政の弊害だな。2カ月に3件の変死となれば、誰だって変だなって思うんだが、今回は真ん中の1件が別の署で処理された。そのため、警察にはあまり変だとは映らなかったわけなんだよ。所轄を責めないでくれ」

「それはわかる。それも事故死と自殺では関連付けて考えろって言われても無理だな」

「ところで亜澄、これは俺からの質問なんだが、実験装置の爆発っていうものは、時どき起こるもんなんか?」

「冗談でない。そんなことが時々起ったら研究者はみんな死んじまってるよ。よっぽどのことが起こったんだと思うよ。原因は実験の種類、装置の種類によって千差万別だから、よほどの専門家が慎重に調べなければわからないと思うけどな」

「そうだろうな。今回の爆発も原因は調査中となっている。しかし、事故以外の事を匂わせる物、たとえば爆薬の痕跡だとか、起爆装置のような物は何も見つかっていない。したがって、単なる事故としか思えないってことなんだと思うな」

「なるほど。で奥さんの転落死はどんな状況だったんだ?」

「これも、一階の住人が朝起きて外を見たら人が死んでたんで、あわてて警察に電話したということなんだ。その住人は昨夜は揃って外食して、戻ってからは外を見ていないんで、音も聞いていないんだ。したがって、亡くなった状況は何も分からずってことだ。ただ、死体の写真や現場の見取り図なんかは詳細に作ってあるから、見てもらった方がいいな。明日にでも持って行くよ」

「そうか、ありがとう、ぜひ見せてもらうよ」

「安息香、明日、水銀が吉越先生の亡くなった奥さんの写真を持ってくるそうだ。見てやってくれ」

「ええ、わかりました。なにかお役に立てれば嬉しいです。ところで先生、私も秋絵ちゃんから気になることを聞いたんですよ」

「なんだ?　それは?」

「山際先生の研究のことですけどね」

「ああ、あの有名な超伝導体の件な」

「そうです。あの研究、データがおかしいのではないかって言う人がいるんだそうですよ」

「うん、実は俺もそんな話を聞いたことがある。あの研究でそんなデータが出るはずは無いって言う人がいるんだな。そのうち追試のデータが出て、本当のことが明らかになるんだろうけどね」

「それが、亡くなった吉越先生もそう仰っていたと言うんですよ」

「エーッ？　吉越先生って、あの研究グループに近い人だろ。その先生が研究に疑いを持っていたって言うのか？　その先生が爆発事故で亡くなったことになるんだな」

「そう言うことになりますね」

「その上、その先生の奥さんが自殺」

「そういうことですね」

「おい、これは水銀に言っておく必要があるな」

「そうですね」

「今日、水銀が写真をもってくるだろうから、その時教えてやろう」

その日の午後、水銀が吉越の奥さんの写真を持ってきた。

「おお、亜澄、写真を持ってきたぞ。おお、安息香さんも一緒か。久しぶりだね。相変わらず元気で頑張ってるようだね」

「ええ、おかげさまで。水銀さんもお元気でなによりです」

「ありがとう。安息香さんも写真をみてやって下さい。女性の方が気の付くこともあるかもしれない」

「そうですね、拝見します」

じっと写真を見ていた安息香が口を開いた。

「このお化粧、崩れてますね」

「崩れてる？　それはマンションの10階から落ちて亡くなったんだから、化粧も崩れるんでないの」

安息香が言った。

「いや、そういう意味ではないんです。この唇を見てください。輪郭が変になってるでしょ？　一度溶けたような感じ」

覗きこんだ亜澄が言った
「なるほどそう言われればそうだな。一度塗った物を溶剤で溶かしたようにも見えるな」

「なんだって、亜澄。それじゃ仏さんは口元に溶剤を当てたってわけか？」

「たしかにそうとも見えるな。もしかしたら、これは溶剤を染ませた布のような物で擦ったんでないか？」

「それはどういうことだ?　溶剤を嗅がされたってことか?　嗅がされて気を失ったところを落とされたってことか?」

「その可能性があるな」

「それはとんでもないことだ。他殺の可能性があるってことだ。早速所に戻って調べて見る」

「ああ、その方がいいな。実は安息香が面白い情報を手に入れてくれてな。安息香、水銀に話してやってくれ」

安息香は秋絵に聞いたことを水銀に話した。水銀は驚きながら聞いていた。

「なんだな。吉越は実験データがおかしいことを発見して殺されて、その上奥さんまで殺されたってことか?」

「あくまでも推定だがな。何の証拠も無い」

「証拠は警察が調べる。そうなると助教の川辺の自殺も調べ直してみる必要があるな。いや、素晴らしい情報が手に入った。安息香さんのおかげだ。ありがとう。事件が解決したらひつまぶしでもご馳走させてもらおう」

数日後、水銀から電話が入った。

「助教の川辺の自殺だけどな。原因は植物アルカロイドの自殺。ただし植物の名前までは不明だ。パソコンに遺書が入っていたので自殺として処理されたそうだ。自殺なので解剖はしていないが、中毒なので血液は保存してあるってことだ。せめて植物名がわかれば何かの手掛かりになるかもしれないのだがな」

「そうか、植物アルカロイドか。愛知総合大学は東山にあったな。あそこはイチイの木が多いな。おい、水銀。鑑識に言って血液中にタキシンが無いかどうか調べてもらってくれ」

「なに、タキシン？　なんだそれは？」

「タキシンはな、イチイって言う木の種に入っている猛毒だ。愛知総合大学は東山の裾野にあって、あの辺はイチイの木の多い所だ。もしかしたら誰かがタキシンを川辺に飲ませたかもしれない。それに遺書がパソコンに入ってたんなら、キーボードの指紋も調べるべきだな。犯人の指紋が残っているかもしれないぞ」

「オオ！早速調べて見る。クッソー、犯人のヤツ。もしかしたら3人も殺してるかもしれないんだな。絶対にとっつかまえてやるぞ！」


　翌日、水銀から電話が入った。

「亜澄、昨日はありがとう。おかげさまで大収穫だ。まず血液検査だが、オマエの言うとおり、タキシンが見つかった。鑑識がこれから見つかったタキシンと大学の周辺のイチイの木とのDNA照合をやるそうだ。うまく行けば、川辺の飲んだタキシンが大学周辺のイチイの木から取った物であることがわかるそうだ。それから、パソコンのキーボードだけどな、そこから山際教授の指紋が出た。今、逮捕状を請求しているところだ。出次第逮捕だな。奥さんの化粧はな、鑑識も溶剤で擦れた可能性はあると言うんだが、今となっては証明するのは無理だってんだな。しかしな、奥さんの遺書もパソコンなんだよ。それでキーボードを調べたらここからも山際の指紋が出た」

「そうか、ご苦労だったな。短い間によくそれだけ調べたもんだ。さすがは水銀だな」

「いやなに当然だよ。あ、それからな、吉越の事故だけど、鑑識が現場を調べ直したところ、爆発の信管に使ったとみられる電線を見つけたそうだ」

「そうか、それはお手柄だな。爆薬の残渣でも見つかれば決まりだが、液体爆弾を用いていればそれは無理だからな。信管の残渣は間接証拠だが、ま、重要な証拠にはなるな」

「ああ、警察もそう思っている。後は山際の自白を待つだけだ」

「そうだな。良かったな。解決して」

「ああ、本当にそう思うよ。安息香さんの情報が無かったら、事故と自殺で片付けられるところだった。安息香さんはいるか？いたら代わってくれ」

「もしもし安息香です。おめでとうございます。事件が解決して」

「ありがとう。全て安息香さんのおかげだよ。お礼の言いようも無いな。それで、約束のひつまぶしだけど、いつが良いか亜澄と相談して置いて下さい。熱田神宮の近くに老舗があるから予約しておきますよ」

「ありがとうございます。楽しみにしていまーす」

「先生、良かったですね。解決して。水銀さん喜んでましたよ」

「そうだな。しかし後味の悪い事件だったな。実験のミスからトンデモナイ事件に発展するなんて。ミスが起こるのはある意味しかたの無い事なんだから、ミスだとわかったら即刻修正すべきなんだが、それができないこともあるんだな」

「そうですね。私も気を付けなければ」

「おっ、良い心がけだな。ようやく俺の教育が実ってきたな」

「ハイハイ、おかげさまで。ところでいつにします？　ひつまぶしは？」

「いつが良いかな。それより水銀は知ってるかな？　安息香はひつまぶしの大盛りを特注だってこと」

「先生、わたしそんなに食べませんよ！」

化学解説編

【タキシンと植物アルカロイド】

本編では助教の川辺を殺すのに植物アルカロイドのタキシンが用いられました。タキシン、植物アルカロイドとはどのようなものなのでしょう?

タキシン

タキシンは針葉樹のイチイの種子に含まれる毒物です。イチイは高さ20mになる針葉樹であり、本州ではアララギ、北海道ではオンコと呼ばれることもあります。木目が良く詰み、伐採後、美しい肌を表すことから高級木彫品の素材として珍重されます。古代では高官が持つ笏《しゃく》の素材として用いられたほどです。

春に花をつけ秋に赤い実を着けます。実は甘いことからそのまま食用、あるいは果実酒とし

◉イチイの実

て利用されますが、その中に入っている種子には猛毒のタキシンが含まれます。

タキシンはLD_{50}、半数致死量が50㎎と、青酸カリに匹敵するほどの猛毒です。タキシンは心臓毒の一種であり、摂取すると末梢神経の循環障害、筋力低下、呼吸困難などが起こり、さらには血圧低下、体温低下、痙攣、硬直を起こし、最終的には心臓麻痺を起こして死に至ります。

これらの症状が急速に進むため、死ぬ寸前まで原因に気付かないことも稀では無く、検死などで毒物検査を行って初めて異常な量の摂取が発覚することもあります。

イチイの葉は、かつては民間薬として、月経不順や利尿のために飲まれることがありましたが、葉にもタキシンが含まれているため、今では服用すべきではないとされています。

◉タキシン

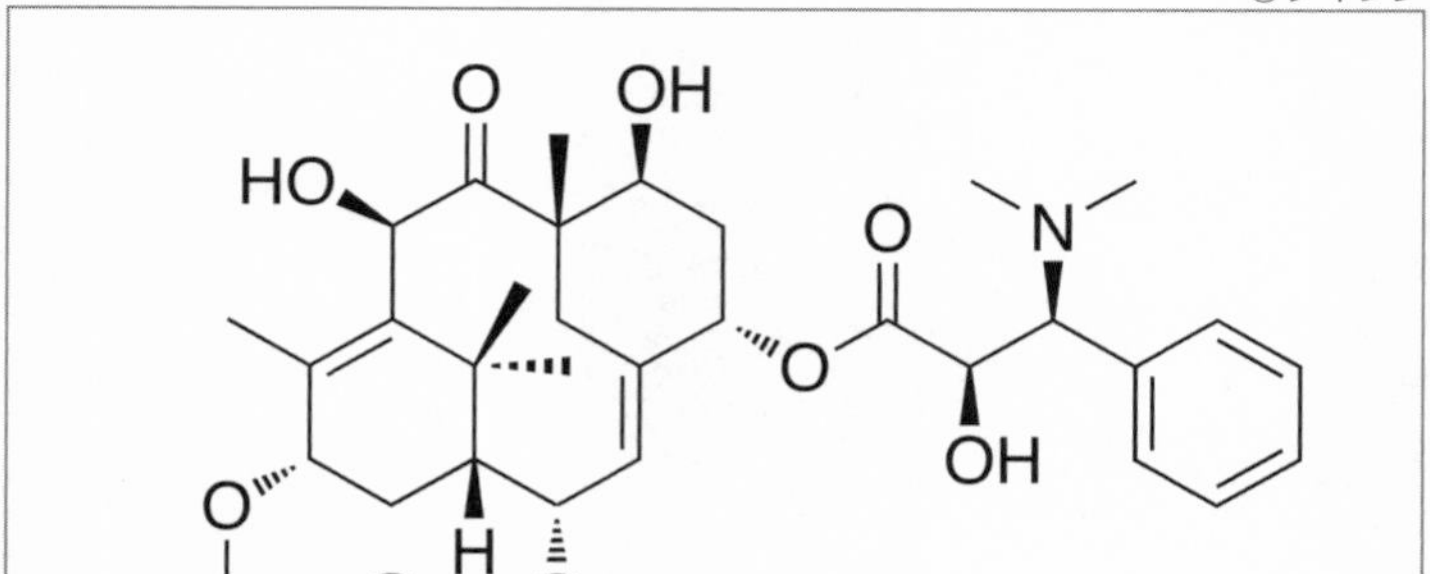

植物の含む毒

植物には無数と言ってよいほどの種類があり、それぞれがいろいろの種類の毒物を含んでいます。何の毒物も含んでいないという「人畜無害」という植物は、スーパーに並んでいる野菜くらいの物でしょう。それだって昭和40年代には健康野菜として推奨されていたコンフリーにピロリジンアルカロイドという毒物が含まれていることがわかり、平成15年には販売禁止になっています。

偏見も含めてあえて言えば、全ての植物、菌類(キノコ)は何らかの毒物を含んでいます。考えて見れば当然のことです。動物ならば、敵が攻めて来たら立ち向かうとか逃げるとかできます。しかし植物は位置を移動することができません、ひたすら、耐えるか、あるいは自分を食べた相手にひどいダメージを与えるかして、その係累に二度と自分を食べることの無いように、知らせる以外ありません。

つまり、植物にとっては、毒は身を護る究極、それ以外無い手段なのです。ですから、全ての植物はなんらかの有毒成分を含んでいます。

植物名、その種類を知らない植物、菌類をむやみに食べるのは絶対にダメです。その責任は自分で負わなければなりません。

植物アルカロイド

そのような植物の持つ毒の中で、有名であり、かつ一般的なのが植物「アルカロイド」です。本編の毒、タキシンもこのようなアルカロイドの一種です。

アルカロイドというのは「アルカリ性の」というような意味です。アルカリ性というのは、小学校の頃から慣れ親しんだ、赤いリトマス試験紙を青くすると言う物質（性質）です。アルカリ性というのは物質が水に溶けて水酸化物イオンOH^-を発生する、あるいは水素陽イオンH^+を吸収して無くしてしまう性質を言います。苛性ソーダ$NaOH$はOH^-を発生します。一方、アンモニアはH^+を吸収します。つまりどちらもがアルカリ性なのです。

先ほどのタキシンの構造を見てください。右端に窒素Nがあります。このNはH^+と反応して、H^+を無くする性質があります。つまり植物アルカロイドの一種なのです。

しかし、植物アルカロイドの中には少量だけ用いれば薬用になる物もあります。昔イチイの葉が薬用とされたのもその一種でしょう。「毒と薬はさじ加減」と言い、多くの場合、少量用いれば薬になるが、大量に用いると毒となって命を失うと言うのです。それではその「さじ加減」を誰がするのかと言えば、お医者さんです。そのお医者さんに命を任せる気になっているのならば、他人がどうこう言うことも無いでしょうが、怖い話です。

第2話

国籍の悼み（豊田編）

～第2話　国籍の悼み（豊田編）～

豊田市は愛知県北部に位置する市で、昔は挙母《ころも》市と言った。それが市の商工会議所の請願を受け入れる形で1959年に豊田市と変更された。もちろん自動車会社のトヨタ社に倣ったものである。ちなみに豊田市もトヨタ社も「とよた」と読むが、トヨタ社の創業家である豊田家は「とよだ」と濁るそうである。

豊田市の人口は43万人ほどで、愛知県内では名古屋市に次いで2番目に多い。しかし、豊田市の次には人口35万人を超える市が3市ほど控えており、団子状態である。面積は918平方キロメートルで、愛知県で最も広い市である。ちなみに名古屋市の面積は326平方キロメートルに過ぎない。

◉香嵐渓

市の中央を矢作川《やはぎがわ》が流れ、矢作川の支流が作る香嵐渓《こうらんけい》はカタクリとモミジの名勝であり、秋には紅葉狩り、河原での芋煮会などで賑わう。猿投温泉は豊田市の奥座敷と言われる温泉である。

トヨタ社があるせいであろうが豊田市は外国人居住者が多く、総数1万9千人ほどである。内訳はブラジル出身が7千人で最も多く、次が中国の3千人、ベトナム、フィリピンがそれぞれ2千人、次いで韓国・朝鮮の千人となっている。

＊＊＊

アリスは夜間高校3年生である。国籍はもちろん、人種的にも両親ともブラジル人の生粋のブラジル人である。アリスの父レオナルドと母エレーナはブラジルからの移民である。5年ほど前、アリスが小学生の頃に一家で日本に移住した。

父レオナルドはブラジルで農場の手伝いをしていたが、収入は安くて日々の暮らしも大変だった。そんな時、レオナルドの友人で日本に行って働いているダニエルから、日本に来れば高収入の良い勤め先があるという便りが来た。レオナルド一家はこのダニエルの誘いに乗って、一家まとめて日本に移住してきたのだった。

日本に来たレオナルド一家をダニエルは親切に面倒を見てくれた。そして、勤め先として日本人の経営する自動車解体業の会社を紹介してくれた。それ以来レオナルドはこの工場で現場作業員として働いている。

住まいは会社の近くにある5階だてのアパートの2階を借りている。ここは、古くて設備も貧弱だが、それに見合って家賃は安い。しかし住民のほとんどがブラジル出身者であり、独特の雰囲気があることから日本人は避けて通る。

レオナルドが何年務めようと仕事の質が変わることはなく、地位が上がることも無い。したがって給料もほとんど変わらない。うっかり給料を上げてくれなどと言おうものなら、明日から来ないでいいと言われることは目に見えている。働かしてもらえるだけ有難いと思えという調子だ。

母エレーナは近くのコンビニでアルバイトをしている。兄フェルナンドは中学を卒業すると、高校の担任の親切な取り計らいで、近くの印刷工場に正社員として入社した。フェルナンドの境遇としては恵まれた就職先と言えるだろう。しかし、同僚は中年の日本人ばかりという環境はフェルナンドには強烈過ぎた。好奇心半分、卑しめたさ半分、という周囲との折り合いがうまくいかず、半年ほどで辞めてしまった。その後は近くのスーパーで裏方の荷物運搬員として働いている。しかしここは臨時雇いの身分であり、いつ職を失うか分からない。

父母と兄の給料を合わしても、アリスを含めて兄弟4人の子供たちの面倒を見るのは容易でない。家はいつも貧しかった。下の兄弟たちの給食費を払うのさえやっとの思いのようである。母はスーパーの残り物を貰ってきて食事に当てていた。アリスが夜間高校とは言え、高校に通っているのは、アリス自身のアルバイト収入によるものであった。

＊＊＊

ある日、父の上司の飯田がアリスに言い寄ってきた。飯田は50歳に近い男で独身であるが、それはどんな女性にも相手にしてもらえないからの独身であろうと思われた。アリスが断ると飯田は怒って「社長に告げ口してオマエの父を解雇してやる」と言った。おまけに「日本に居られなくしてやる」とも言った。

飯田は社長梅坪の信任の厚い男だ。そんな飯田が父の悪口を言ったら、社長は信用して父を辞めさせるかもしれない。そんなことになったら大変である。父の収入が無くなったらそれから先、一家は暮らしていけなくなる。下の兄弟たちの給食費はどうなる？　自分の高校の学費はどうなる？　もう高校に行けなくなるかもしれない。それどころか日本に居られなくなったら、強制送還にでもなったらどうしよう。父母はどんなに悲しみ嘆くだろう。そう思ってアリスは気が違いそうになるほど悩んだ。

兄フェルナンドが仕事から帰って来た。フェルナンドは無口で暗い顔をしているアリスをいぶかってその理由を聞きただした。はじめは言い淀んでいたアリスも、心配して聞いてくれる兄に沈黙を通すことはできなかった。アリスから事情を聞いたフェルナンドは怒った。激高した。

それは許せない。そんな男を許しておくわけにはいかない。そう言うとフェルナンドはナイフを持ち出して、飯田のアパートに押しかけた。

インターホンを押すと飯田が無防備な格好で玄関に出てきた。フェルナンドは無言のまま飯田をナイフで刺した。飯田は何も知らないまま、玄関にできた自分の血だまりの中に倒れ伏した。無計画で極めて短絡的な殺人だった。ナイフは抜いて持ち帰った。

警察の調べでは、事件は怨恨によるものと思われた。しかし目撃情報が全くなく、また証拠となるような遺留品も、指紋も無かった。この背景には、日本の警察と関わり合いになりたくないとの住民感情もあったものと思われる。

このままでは、犯人は突然押し入って突然刺して、そのまま忽然と姿を消したということになる。手がかりは全く無かった。

被害者飯田と犯人フェルナンドとの間に直接の関係が無いことから、警察も気が付かなかったということであろう。フェルナンドは疑われることもなく、容疑者のリストにも乗ることもなく時間が経過した。

＊＊＊

飯田には親友と言うほどではないが、時折一緒に近所の居酒屋に飲みに行く同僚の加藤がいた。加藤には飯田が怨恨を買って殺されたとはとても思えなかった。飯田は人格的に立派と言うほどの男ではないが、かといって人の恨みを買うような男でもなかった。どこにでもいるただのオッサンである。50に近いが独身で、会社の給料を一人で使うだけだから、金銭的に困るわけでもない。金銭に関わるトラブルは聞いたことが無いし、賭け事をやる訳でもない。時折パチンコをやって、安い居酒屋で酒を飲むくらいの暮らしである。

ただ、加藤は飯田がアリスを好いていたらしいことを知っていた。酔った時、飯田が「いつかモノにしてやる」と言うのを聞いたことがある。もしかしたら、飯田がアリスにチョッカイを出し、それが原因となって恨みを買ったのではないか？　そう考えると、恨みを買う可能性も無いわけでもなかった。

と言うよりも、それ以外の原因を考え出すことは困難だったと言う方が正しいだろう。その場合、恨みを晴らそうとするのは誰だろう？　アリス本人と言うのは考え難い。16、7の女の子が、言い寄られたからと言って50がらみの男をナイフで一突きにすると言うのはいくら何でも短絡的すぎる。もしこのことが犯行の原因だったとしたら、犯人はアリスの肉親と言うのが妥当なところであろう。

会社での仕事の休憩時間、あるいは昼食後の雑談の時など、アリスの父のレオナルドはよく話していた。レオナルドは4人の子供を大事にし、折に触れては、4人は良い子たちばかりだと自慢げに話していた。

その兄フェルナンドは勤め先の印刷工場をクビになって今はスーパーの臨時雇いをやっているそうだ。噂では、クビになった原因は同僚との喧嘩らしい。どうも短絡的で怒りっぽい性格のようだ。

もしかしたら飯田がアリスにいたずらをし、それをフェルナンドが咎めたとしたらどうだろう？　事件の脈絡は綺麗に繋がる。アリスの話を聞いて頭に来たフェルナンドが、飯田のアパートに乗り込んで飯田を刺したのだ。多分それだ、それに違いない。

実情を察した加藤は、それを種にアリスを脅した。「オレの言うことを聞け、さも無ければオマエの兄のフェルナンドのやったことを警察に知らせるぞ」

飯田が消えたと思ったら今度は加藤が同じことをしようとする。思い余ったアリスは社長梅坪に相談した。兄の事には触れず、ただ「加藤がしつこく言いよって困る」とだけ言った。自動車解体業は中古自動車の密輸出の関係で警察からマークされることが多い。梅坪は商売柄、その様なことで警察との関係には神経を尖らしている。梅坪は未成年者異性交遊の疑いがあると言うことで、加藤に二度とその様な事の無いようにと、厳重に注意した。

社長の梅坪からきつく意見された加藤は逆上した。フェルナンドの事を警察に告げてアリスを殺すと言い放った。

止む無くアリスは兄フェルナンドと共謀して加藤を殺すことにした。殺すと言っても、先の飯田のことがあるから、加藤も警戒するだろう。警戒の網をくぐって殺すには、人知れず毒物を用いるのが手っ取り早い。薬殺することにしよう。手段は父から教わったブラジル伝統の手段を用いるのが良い。二人は結論に到達した

それは父が日本に来るときにバッグの底に忍ばせてきた小さなカエルの干物だった。ヤドクガエル、それは体長1㎝ほどの小さなカエルである。しかしその毒の威力にはスサ

マジイものがある。

世界の民族には農耕民族と狩猟民族がある。狩猟民族は野生動物を刀や槍や弓矢で射止める。中でも弓矢は遠くにいる獲物を仕留めるには最高の武器である。しかし弓矢は威力に乏しい。遠くの鹿に弓矢を放っても、例え矢が尻に当たっても鹿は倒れない。尻に矢を立てたまま森の茂みに逃げてしまうだろう。これでは獲物は手に入らない。民族は飢えてしまう。

そこで弓矢の矢には毒を塗る。これを矢毒と言って、民族が持つ最強の毒が用いられる。世界の狩猟民族は矢毒にどのような毒を用いるかによって五大毒文化圏に分類される。日本を含めて東北アジアはトリカブト文化圏であり、毒草トリカブトの毒を矢に塗る。アイヌ民族がそれである。ブラジルではこの毒としてヤドクガエルの毒を用いるのである。二人はヤドクガエルの干物を煎じて毒液を作った。

アリスは観念したような顔をして加藤のアパートに顔を出した。喜んだ加藤はアリスを部屋に上げ、ビールを用意した。アリスは、ビールは飲めないのでジュースが嬉しいと言った。いそいそとジュースを取りに台所に立った加藤のコップにアリスは持ってきた毒液を注いだ。ジュースを持って台所から戻った加藤は残ったビールをさもうまそうに一気に飲み干した。もう1本ビールを取りに台所に立った所で加藤の脚がもつれ、加藤は崩れるように床に倒れた。

アリスは加藤が用意しようとしたジュースを棄て、自分に出されたコップは洗って食器棚に戻してアパートを出た。加藤のコップも洗い、新しいビール瓶からビールを注いでテーブルの上に置いておいた。

翌々日、二日続けて会社に出勤せず、電話にも出ない加藤を心配して、社員が加藤のアパートを訪ね、鍵の開いた部屋に入って加藤の遺体を見つけた。鑑識の見立てでは死因は薬物による中毒死ではないかというものだった。しかし、ビールのコップからは毒物は検出されなかった。

警察は自殺を疑った。しかし、いくら聞き込みを重ねても自殺の原因は出てこなかった。毒物が特定されない以上、他殺と断定するのも困難だった。警察も困りはてた。

みなさん、安息香です。妹を思う気持ちが悲しい事件を生み出してしまいました。亜澄先生はどのようにして犯人のトリックを見破るのでしょうか？　それではトリック解明編をお楽しみください。

トリック解明編

「先生……」

「どうした？　安息香。また事件か？」

「いや、事件ってわけでもないんですけど」

「何やら歯切れが悪いな。安息香らしくも無いな。どうした？　食欲が無いのか？」

「なんで食欲と結びつくんですか？　そんなんじゃありません。家庭教師に行っている子から聞いたんですけどね。その子の近くにある会社で二人立て続けに亡くなったって言うんですよ」

「フーン、それは変な偶然だな」

「ね、そうでしょ。それもどうも二人とも殺されたんじゃないかって、近くの人たちは噂しているんですよ」

「なんだ、二人とも殺されたってのは？　物騒な話だな。それは完全な大事件でないか。で犯人はつかまったのか？」

「いや、ぜんぜん」

「何だかよくわからないな。順序だてて話してくれ。どうしたってんだ？」

「事件は2件なんですよ。最初の事件は殺人事件で間違いないんですよ。50代の社員がアパートの玄関でナイフで刺されて亡くなったんだそうです」

「随分単純な事件だな。直ぐにでも犯人は捕まりそうなものだが」

「私もそう思うんですけど。でも、もう半年ほど前になるんだそうですけど、まだ捕まっていないんだそうですよ。だから。近所の人も気味悪がってるんだそうです。近くに犯人がいるんじゃないかって」

「それはそうだな。警察は何をやってるんだ？　で、もう1件はどうなんだ？」

「もう1件は最近なんですよ。これは毒物で亡くなったんだそうです。警察では自殺か他殺か決めかねているようなんです」

「そうか？　それもまた気味が悪いな。で、その亡くなった二人が同じ会社の社員だってわけだな？」

「そうなんです。そんな大きな会社ではないんですけどね。自動車の解体をやっている会社なんだそうですよ」

「そうか、廃車になった車を買い取って分解するんだな。そしてエンジンなんかの使いまわしの出来そうな物は東南アジアなんかに輸出して、それ以外の物はクズ金属として売るって言う商売だよな」

「そうですね。会社はなかなか儲かるようなんですよ。ブラジルなどから来た外国人さんがよく働いてますね」

「それで、亡くなった二人も外国人さんか？」

「いや、二人とも日本人だそうです。中年の男性だそうですよ」

「そうか。それにしてもなにやらよくわからない事件だな。水銀に聞いて見るか」

亜澄は警視庁から愛知県警に出張してきている友人の水銀に電話して聞いてみることにした。

「もしもし、水銀か？　亜澄だ。ちょっと話していいか？」

「ああ、構わん。なんだ？　また事件か？」

「ま、そんなところだ。実は豊田市で起こった事件なんだがな」

「豊田？　オマエ、今いるのは名古屋だろ、それが何で豊田の事件に顔を出すんだ？」

「それが、安息香が掴んできた事件なんだよ。何でも彼女が家庭教師に行っている家の近くで起こったことらしいんだ」

「そうか、安息香さんがらみか。さすがだな、安息香さんは。警察に来てもらいたいくらいだよ。どうだ？　卒業したら警視庁の科研に来るってのは？」

「ああ、悪くはないと思うが、こればっかりは本人の希望で決めなきゃならないからな」

「そりゃそうだ。で、なんだ？　事件と言うのは？」

「豊田にある自動車解体業の会社でな、社員二人が連続して亡くなってるんだよ。知ってるか？」

「いや、知らないな。で、どういう事件なんだ？」

「何でも最初の事件は半年ほど前で、社員が自宅のアパートの玄関でナイフに刺されて死んだってんだ。で次の事件は最近だが、毒物が用いられたらしい。警察はまだ自殺か他殺か、決めかねているということなんだ」

「そうか、自動車解体業といえば、そんなに大きな会社ではないな。そんな所で社員二人が連続で変死ってのは、確かにおかしい。よしわかった。情報ありがとう。調べてみて、何かわかったら知らせるわ。それじゃ、安息香さんによろしく」

亜澄は脇で聞いていた安息香に言った。

「水銀も知らなかったようだ。調べて教えてくれるそうだ」

「そうですか。楽しみですね。どんな内容か」

「そうだな。それに水銀は安息香に警視庁の科研に来てもらいたいって言っていたぞ。どうだ、考えて見ては?」


数日後の夜、水銀から連絡が入った。

「亜澄か? 例の件だけど、目下の所手がかり無しってところだな。犯人は玄関に出てきた被害者を一気に刺したらしい。ほとんど即死ってところだそうだ。被害者も何が何だかわからないうちに殺されたって所で無いかな。凶器はナイフ、刃渡り15センチと言うからかなり大型の物だな。刺した後、抜いて犯人が持ち去ったらしい。犯人の遺留品は何も無し。玄関のドアノブに指紋が残されていたが、警察が保管しているデータに該当する物はないそうだ。したがって犯人に前科は無しだ」

「そうか。手がかりはないんだな」

「周辺を聞き込みしたが、めぼしい目撃証言も無い。それにそのアパートの周辺は外国人の多い所で、日本人はあまり立ち寄らない雰囲気なんだな。それで聞き込みの相手も外国人が多くなるんだそうだ。言葉の問題もあるし、相手もまた警察と関わり合いになりたくないもんだから、わざと日本語ができない振りをしたりして、刑事もいろいろ困るらしい」

「なるほど、いろいろ苦労があるんだな。で、もう一件の方はどうなんだ？」

「ああ、そっちの方は自宅で毒物を飲んで亡くなったってもんだ。ただ、自分で飲んだのか、飲まされたのか。要するに自殺か他殺か、所轄は決めかねていると言うところだ。鑑識は、毒物は動物性の物でないかと言っているが、まだはっきりしないというところだな」

「そうか、動物性か？　動物の毒は同定が難しいからな。鑑識もてこずるな」

「そうか、動物性の毒は難しいか？　その他に手掛かりになる物は何も無いんだな。自殺にするにしても遺書は無いし、同僚への聞き込みでも自殺する動機は見つからない。他殺にしても遺留品は何も無いし、これも同僚によれば、人に恨まれるようなことは思いつかないということだ」

「そうか、困ったことだな。で、毒はどうやって飲んだんだ？　何かに溶かしたのか？」

「それがまたよくわからないんだな。テーブルの上には飲みかけのビールが置いてあったと言うんだが、そのビールからは毒物は発見されなかったそうだ」

「ということは粉末か固形の毒を、そのビールで飲んだってことか？」

「そう言うことになるな。あるいはカプセル入りの毒だったかもしれない」

「そうだな。もし粉末だったら包装紙が残っていそうなもんだからな。おい、水銀、これは犯人が工作したんでないのか？」

「工作？　どういうことだ？」

「そうだな、犯人は毒入りのビールを飲ましたんでないのか？　そのあとで、そのビールを棄てて、新しいビールを注いで逃げたってことだよ」

「なるほど、それはあり得るな。よし、その可能性は所轄に知らせておくよ。参考になるだろうよ。お。ちょっと待ってくれ。今連絡が入った。喧嘩だとよ。誰か死んだらしい。現場から要請が来ている、至急行かなきゃならない。それじゃ、悪いけどこれでな」

「おお、気を付けて行けよ」


　電話を切った亜澄に安息香が言った。

「水銀さん、また事件なんですか？」

「ああ、何でも喧嘩だそうだよ。誰か亡くなったらしい。水銀も大変だな。こう事件が多くっては」

「それにしても死亡者が出る喧嘩なんて、どんな喧嘩なんでしょうね」

「年上の人は、最近の若い連中は喧嘩の仕方を知らないって言うよね。喧嘩慣れしてないから、どれくらいの力で殴ったら、相手がどれくらい傷つくかという感覚が無いって言うんだよ。確かにそうかもしれないな。手加減することができないんだよね」


翌日、水銀から電話が来た。

「おお、亜澄、昨日は済まなかった。途中で事件が入ったもんでな」

「喧嘩だって言う話だったな」

「そうだ。金山っていう盛り場の端でな、二人で喧嘩したらしい。で、一人がナイフで刺されて死亡。犯人は逃げてしまった。盛り場の端で人通りも少なく、目撃者もいない。通報した人は男二人が喧嘩しているのを遠くから見ただけで人相は、はっきりしないというんだ。どうにかしなければと思って近づいてみたら、一人が倒れて、もう一人は走って逃げたと言うんだな」

「そうか、目撃者も居ないんではまたてこずるかもしれないな。大変だな。忙しくて」

「ああ、そうなんだ。ただ、気になることがあるんだ。この喧嘩には」

「なんだ？　気になる点ってのは？」

「刺された男が死んだってことなんだよ」

「刺されて死ぬのはよくあることでないのか？　何でそれが気になるんだ？」

「気になるのは、傷が浅いってことなんだ。腕の当たりを刺されただけなんだな、普通はあんな傷で命を落とすことは無いもんだ。鑑識も驚いていた」

「なんだって？　傷は浅いのに、被害者は命を落としたって？」

「そうだ。そのとおりだ。出血量もそれほど多くは無い。もしかしたらショックで亡くなったのかもしれないいな」

「水銀、それは矢毒かもしれないぞ」

「なんだ、矢毒って？」

「それはな、狩猟民族が狩りのときに、弓矢の先に塗る毒なんだ。大きな動物は弓矢が当たったくらいでは倒れないからな。弓矢に毒を塗って、その毒の力で獲物を倒すんだよ。狩猟民族にとって獲物を倒すかどうかは死活問題だからな。その民族が知っている最強の毒を用いることになるんだ。アイヌ民族はトリカブトの毒、アコニチンと言うけど、これを矢毒として用いている」

「そうか、そんな毒があるのか。するとナンダな、犯人はナイフにその矢毒を塗っていた可能性があるっていうことか？」

「そういうことだ。どんな矢毒か知らないが、なにか強烈な毒が塗られていた可能性があるな」

「そうか、助かった。ありがとう。早速鑑識に頼んで血液検査をしてもらおう。毒物が出たらこっちのものだ」

「ああ、そうするのが良いだろうな」

　数日後、水銀から電話が入った。

「亜澄か、この前はありがとう。お前の言うとおりだったよ。血液検査の結果、毒らしいものが検出された。しかしまだ毒の種類は同定されていない」

「そうか、まずは一歩前進だな」

「それにしても、ナイフに毒を塗るとは思わなかったな。物騒な世の中になったもんだ」

「日本人は農耕民族だからな。毒矢で獲物を仕留めるっている文化が無かったんだろうな。それに武士は毒を用いることを卑怯な手段として貶めていたからな。そんなことで、武器に毒を塗るっていう文化が育たなかったんだろうな」

「そうだな。しかし、そう言うことになると今回の犯人は日本人って言うより外国人の可能性があるってことか?」

「その可能性もあるな。名古屋も外国人が多くなったからな。今までの固定観念では対応できないかもしれないな。水銀もこれからはグローバルに国際感覚を磨かなければならないってことだ」

「オイオイ脅かすなよ」

水銀との電話を切ると、脇で聞いていた安息香が言った。

「先生、矢毒っていえば、ヤドクガエルってのが居ましたよね」

「そうだな、南米に住んでいる小さなカエルだったな。体長1、2センチの小さなカエルだけど、まるで宝石のように美しいカエルだよな」

「そうですね。もしかしたら、ナイフに塗ってあったのはそんな毒なんではないでしょうか?」

「それはその可能性もあるな。ん、待てよ。この前の豊田の事件で用いられた毒物は動物性ってことだったな?」

「そうですね。鑑識の調べでは動物性の毒だけど、種類までは同定できないってことでしたね」

「もしかしたら、その時の毒と今回の毒は同じ毒なんでないか?　これは水銀に調べてもらった方がいいな。これで周期表は完成だ。早速電話しよう」

「先生、久しぶりですね、その周期表完成という決まり文句が出るのは。先生の勝利宣言のようなものですね」

「勝利宣言か。本当にそうなると良いけれどな」

亜澄は直ちに水銀に連絡した。

「オオ、水銀。良いことを思いついたぞ。矢毒で思いついたんだが、南米にはヤドクガエルって言う小さなカエルがいてな。これがスゴイ毒を持っていて原住民はこれを矢に塗って狩りをするんだ。もしかしたら、今回の毒はその毒かもしれないと思ってな。それで連絡したんだが。もう一つ重大なこと。それは豊田の事件で用いられた毒が動物性の毒ってことだった。もしかしたら、両方の毒は同じ物なんでないかな？　鑑識の手にかかれば、毒の種類を同定することは無理でも、両方の毒が同じかどうかはすぐわかるはずだ。至急検査してもらったらどうだ？」

「おお、それは良いことを聞いた。早速調べてもらうことにしよう。結果がわかったら知らせるよ、ありがとう」

翌日、水銀から返事が来た。

「亜澄、お前の読みの通りだった。両方の毒は同じだったよ」

「それは良かったな。これで事件は解決だな。今回の喧嘩の犯人がわかればそいつが豊田の犯人でもあるってことだ。したがって豊田の事件は自殺ではなく、他殺だったってことになるな」

「ああそういうことだ。よし、忙しくなるぞ。犯人メ待ってろ！直ぐに捕まえてやるからな！」

それから数日後、水銀から連絡が入った。

「おお、亜澄か。おかげさまで犯人を逮捕した。犯人も自白して。これで一件落着だ」

「そうか、それは良かったな。で誰だったんだ犯人は? 日本人か、それとも外国人だったのか?」

「ブラジルから来た外国人だった。犯人は外国人だったけど、調べて見ると、被害者の日本人にも非はあるな。まず、今回の喧嘩で殺された男の身元を調べたんだ。そしたら印刷工場の工員だったんだよ。それで工場で聞き込みをしたら、被害者は前にブラジル人の工員と喧嘩になったことがあったんだよ。それがブラジル人の若い男でな。彼はそれがもとで会社をクビなってたんだな。

しかし、日本人の工員、つまり喧嘩の被害者だが、それを根に持ってブラジル人を呼びだしたんだな。で、ブラジル人の方は、もしかしたら殺されるかもしれないと思って、護身用のナイフにカエルの毒を塗って出かけたってことなんだ」

「そうか、昔の喧嘩の相手に呼び出されたんなら、殺されるかもしれないと思うのも無理は無いな。しかし、呼び出されたからと言って、わざわざ出かけることも無かったんでないのか? 無視すればいい事だろ?」

「それがそうともいかなかったんだな。その被害者が、もし来なかったらお前の妹をひどい目に遭わせると言ったんだな。それで妹思いの加害者はカーッとなって、やっちまったということなんだ」

「そうか、妹さんを脅しに使うなんてのは最低だな。それで豊田の方はどうだったんだ?」

「こっちはもっと最低だよ。最初の事件は被害者がその妹に言い寄ったんだな。妹に断られると、お前の親父を会社に居られなくしてやると脅したんだな。で、それを聞いた兄貴がカーッなってアパートに乗りこんで有無を言わさずブスリってことだ」

「そうか、犯人もかなり短気な男なんだな」

「それはそうだ。有無を言わさずブスリだからな。やられる方も大変だ。理由もわからずに殺されるようなものだからな」

「で、次の毒殺はどうしたんだ?」

「ああ、それは、最初の事件の犯人を推定した被害者がそれを種にまた妹を脅したんだな。俺の女になれってことだな。それで断ると、兄貴を警察に訴えて、一家を日本に居られなくしてやるって脅したってんだよ」

「なんか嫌な事件だな」

「ああ、そのとおりだ。俺は調べていて、むしろ被害者の方にむかっ腹が立ってきたよ。日本人も情けなくなったなー、と心底思ったな。今回の事件は」

「そうか、ご苦労さんだったな。しかし水銀は良く頑張ったよ。大したもんだ。今度いつか慰労会をやろう。この前のひつまぶしのお礼だ。今度は俺におごらせろ」

「そうか、悪いな。それじゃ遠慮なくご馳走になるよ。もちろん安息香さんも一緒だろうな」

「当たり前だろ。安息香を連れて行かなかったらお前に首を絞められるかもしれないからな」

「いや、ヤドクガエルをくわしてやる!」

「おい安息香、水銀がお前にヤドクガエルを食わしてくれるって言ってるぞ!」

「二人で何をバカなことを言ってるんですか」

【毒の文化圏とヤドクガエル】

毒は怖しい物です。人だけでなく、多くの動物の命を縮め、奪います。このような恐ろしい物はこの世界から消えて無くなれば良いと思いがちですが、そうとばかりもいきません。毒は毒なりに人の役に立っているのです。

猛毒として知られる青酸カリは自然界には無い毒です。これは人間が作っているのです。その生産量たるや、日本国内で1年間に生産する量が3万トンと言います。これは青酸カリがそれだけ人の役に立っていることを示すものです。

毒の文化圏

人は大昔から自然界にある毒を、薬としてでなく毒として利用してきました。つまり、動物を殺すための手段として利用してきました。その典型的な例は矢毒です。矢毒というのは弓の矢に塗る毒です。

離れた所に居る獲物を狩るためには弓矢を用いるのが便利です。世界中の狩猟民族全てが弓矢を狩りに用いました。しかし、弓矢の殺傷能力は大きくありません。

運良く(獲物にとっては運悪く)獲物の急所に当たれば獲物は倒れてくれるでしょうが、

ヒョロヒョロ矢が尻に刺さったくらいでは、獲物は倒れてくれません。尻に矢を立てたまま森の奥深くに逃げ込んでしまいます。

これではその民族の食料は無くなってしまいます。獲物との乏しい出会いの好機を逃さず、必ず仕留めて食料とするためには、弓矢に必殺の能力を持たせなければなりません。そのために用いる毒を矢毒と言います。矢毒にはその民族の知っている最強の毒が用いられます。

矢毒の種類は世界で4種知られています。そして、それらの矢毒を用いる範囲を矢毒文化圏と言います。矢毒文化圏にはアマゾン流域の「クラーレ毒文化圏」、アフリカの「ストロファンツス毒文化圏」、東南アジアの「イポー毒文化圏」、それから日本を含む東北アジアの「トリカブト毒文化圏」があります。

トリカブト毒文化圏を象徴する儀式がアイヌ民族の行う熊祭り、イヨマンテでしょう。狩猟民族であるアイヌ

◉クラーレ毒文化圏(アマゾン流域)

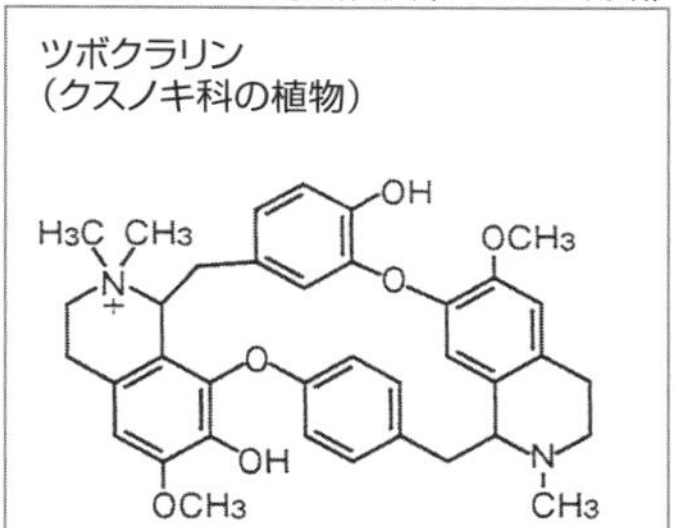

◉ストロファンツス毒文化圏(アフリカ)

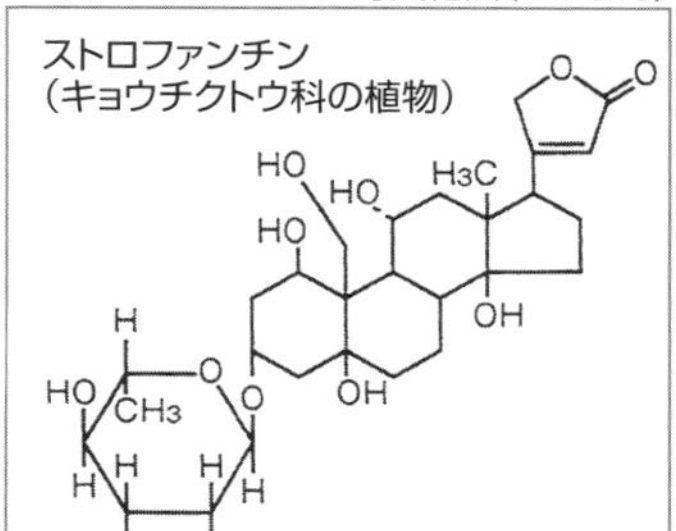

は熊を最高の獲物とし、その肉を食べ、皮を衣服とし胆嚢（熊の胆）を最高の薬物として暮らしてきました。

その様なアイヌにとって、熊は神が送ってよこした使者のような物だったのです。そこでその使者である熊の魂を感謝の気持ちを込めて神の国に送り返す儀式なのです。イヨマンテの夜、小熊に射られる矢にはトリカブトの毒、アコニチンが塗られます。

ヤドクガエル

南米の狩猟民族が吹き矢に塗ることでよく知られているのがある種の毒カエルから得た毒であり、その毒を持つカエルをヤドクガエルと言います。原産地は北米南部から中南米にかけてですが、ハワイ・オアフ島にも害虫駆除の目的で移植され、帰化生物として繁殖していることが知られています。

一般にヤドクガエルは小型で、多くは体長2cm程度で

◉イポー毒文化圏（東南アジア）

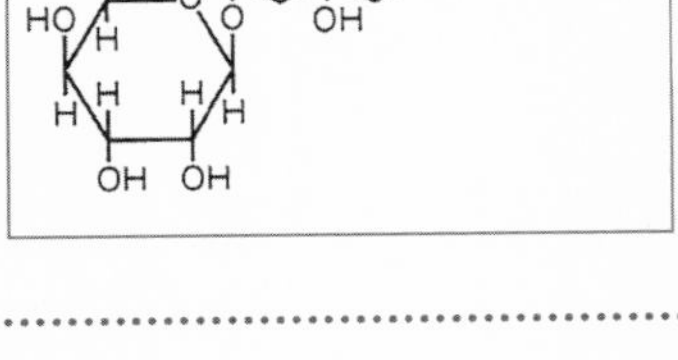

◉トリカブト毒文化圏（東北アジア）

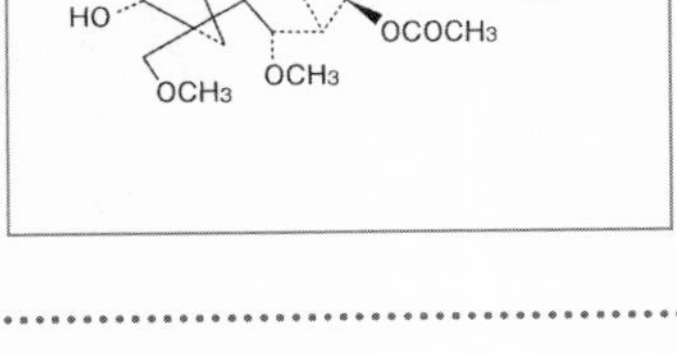

あり、最大種アイゾメヤドクガエルでも6cm程しかありません。一般に体色はオレンジ、青、緑などの染め分けになっており、色鮮やかなことから生きた宝石と言われることもあります。これは毒を保有することによる警戒色とされます。私は危険だから食べない方が良いわよということです。中には大した毒も持っていないのに体色だけは派手な種もありますが、これは強毒種に偽装したベイツ型擬態とされます。

ヤドクガエルの毒はアルカロイド系の神経毒で、20μgで人間の大人を死に至らしめるという強烈な物です。これらの毒の中には、生物が持つ毒ではパリトキシンに次いで危険とされるバトラコトキシンのほか、ヒストリオニコトキシン、プミリオトキシン等があります。

◉ヤドクガエル

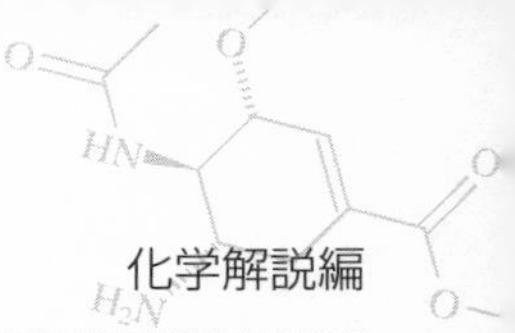

特にバトラコトキシンを備えるフキヤガエルは危険とされ、中でもモウドクフキヤガエルは皮膚に絶えず毒素を分泌しており、触ることも危険とされます。
　これらの毒は餌となるアリやダニ等から摂取して貯蓄もしくは体内で変成されたものと考えられます。そのためコオロギやショウジョウバエ等毒を持たない餌で長期飼育された個体は毒を持たないとされます。これはフグと同じ現象です。
　ヤドクガエルは低地の熱帯雨林から高山の雲霧林等に棲息し、食性は動物食で昆虫類、節足動物等を食べます。しかし、同じヤドクガエル科でも、種類によって繁殖形態が多様化しているのもヤドクカエルの特徴です。
　ふつうのカエルのように水たまり、沼、川などに産卵するものもいますが、樹洞や着生植物の葉の間などのわずかな水場に産卵するものもいます。このような狭い水環境ではオタマジャクシの食べる餌にも事欠きますが、オタマジャクシが餌を摂らずにカエルまで成長するもの、メスが産む無精卵を食べて成長するもの、親が卵や幼生を背負って適した水場まで移動するものなど、オタマジャクシを成長させるための様々な適応が見られます。

有毒種のため、ペットとしては敬遠されていましたが、種によっては飼育もやさしく、繁殖も難しくはありません。そのため毒を持たない繁殖個体が流通し、派手な体色で美しいことからペットとしてのヤドクガエルの人気が高まっています。

飼育方法は観葉植物や苔を植え込んだテラリウムを維持するといったもので、生物を飼育するより、生物が生息する環境を飼育するといった感に近いものとなります。縄張り意識が強い種もいるため、ペアに対して60㎝規格水槽など、大型のケージが必要とされます。

長期飼育された個体や飼育下で繁殖した個体は毒を持たないとされますが、万が一の可能性もあるためなるべく素手では持たないようにした方が安全です。万が一素手で触ってしまった場合はすぐに手を洗った方が良いでしょう。また、カエルにとっても人間の体温は高温過ぎるため、素手での接触は禁忌です。

第3話

美貌の陥穽（静岡編）

～第3話　美貌の陥穽（静岡編）～

静岡と言えば富士山である。新幹線で通ると富士川の向こうに悠々とそびえる富士山は、さすがに「日本一の山」と言われるだけの美しい山である。

富士山から伊豆半島北部へは火山地帯が伸び、その先の駿河湾は日本で最も深い湾として知られる。湾口でも水深は２５００ｍに及び、漁をすれば一般的な魚介類はもちろん、多くの深海魚が取れる。最近は深海魚がブームとなっている。

鎌倉幕府を開いた源頼朝は幼少時、伊豆に流されていた。鎌倉幕府の下で静岡県域は北条氏の支配下に置かれた。南北朝時代に入ると、今川氏が守護大名として駿河国、府中（駿府）に入り、戦国大名に成長した。しかし、今川義元が信長と争って敗れた後は徳川家康と北条氏が敵対する関係となり、争いが頻発したが豊臣秀吉が北条氏を滅ぼした。その後、徳川時代に入ると、静岡県一帯は家康の膝元になり、譜代大名や幕府直轄領として分割統治された。

静岡の名物と言えばお茶とマグロと富士山である。というと森の石松の啖呵のようで、歯切れが良くて格好が良いが、実は静岡の名物はそれに限らない。お茶と並んでワサビがあるし、マグロとならんでカツオがある。富士山と並んで箱根があるし、それと並んでバイク、ピアノ、ミカン、イチゴ、メロンは超有名だ。他にもウナギもあるし、最近ではスッポンだって養殖するし、トラフグだって頑張っている。とにかく何でもあるのが静岡県である。

静岡県の県庁所在地は静岡市であるが、静岡市の人口は、現在約70万人であり、辛うじて政令指定都市のメンツを保っているが、人口約80万人の浜松市に次いで県内2位である。静岡県には国公立、私立合わせて11校の大学があるが、そのうち6校の大学が静岡市に本部もしくは分校を置いている。

＊＊＊

私立の遠州大学農学部酪農学科では4年になると研究室に配属となり、1年間その研究室で研究の基礎的なことを学ぶ。どの研究室に配属になるかは学生の希望と学科の都合との関係によって調整される。各研究室4～6人の学生が配属されるが、その学生の教育システムは研究室によって異なっている。研究の内容に関係なく、学生に人気のある研究室とそうでない研究室がある。

あまりに多くの学生に来られても困るし、あまりに少なくても研究の手足が少ないと言う意味で困ることになる。そこで、各研究室ごとに受け入れ可能人数の上限と下限を発表して、配分は学生の希望に任せることにする。「希望に任せる」と言うのは無責任のようだが、それ以外に現実的な方法は見つからない。この学科では伝統的にこの方法で凌いできた。

ということは、最後はアミダクジかジャンケンで決まると言うことである。とは言うものの、学生の間でもルールはないようで実はあるのであり、成績の良い者は大体、希望する研究室に配属されるようである。成績の悪い学生が遠慮するのであろう。毎年2月になると次年度の4年生の配属研究室が決まる。

御器所《ごきそ》教授の主催する御器所研究室では、教授が学生全員の教育の総括責任を負うのはもちろんだが、実際の教育は准教授の吹上《ふきあげ》と助教の今池《いまいけ》が分担することになっていた。

来年度は御器所研究室には5人の学生が来ることになった。先例に従って、そのうち3人を准教授の吹上が分担し、2人を若い助教の今池が分担することになった。分担学生は公平を期すため、アイウエオ順で交互に決めた。教官と学生が最初に顔を合わせる面接は3月初旬に予定されるが、実際の日にちや時間は教官の都合に合わせて設定された。

助教の今池は国立大学の農学部基礎獣医学科で博士号を得た後、その大学で2年間研究生として残ってから、この遠州大学に助教として採用された。教官としては今年で3年目である。

若い今池は、毎年これから1年間顔を合わせて教育する子がどんな子なのかと最初の面接を楽しみにしていた。今年は二人が自分に着くことになっていた。男子の高岡翔と女子の久弥紫之《しの》である。

面接のためにノックをして今池の教官室に入ってきた紫乃を見たとき、今池は胸を締め付けられる思いがした。紫乃の面立ち、姿かたちは今池が理想の女性とする女性、そのものだった。理知的でいながら物憂さを浮かべた表情はラファエロでも描けないと思われるほどだった。今池は声が枯れるどころか、何を聞けば良いのかも忘れるほどシドロモドロだった。

ところが紫乃の方は、このような様子には慣れ切っていた。紫乃を見る男は皆我を忘れてしまった。ある男は言葉を失い、ある男は意味も無いことを饒舌に話した。要するに我を忘れた状態になった。

紫乃はその様な男ばかりを見続けるうちに、男の本姓を見切る術を身に着けてしまっていた。つまり紫乃は見た目とは全く違った性格の女だったのだ。男から男を渡り歩き、男の気持ちを知り尽くした紫乃は初めて会った時の今池のオドオドした態度から彼の心情を察し、これは面白いことになるな思った。

＊＊＊

最初の面接の数日後、これから1年間に渡って行う研究テーマの相談が行われた。今池の教官室で二人っきりになったとき、紫乃は今池を思いっきりからかった。三月だと言うにしては大胆に胸を空けたシャツにタイトスカートを合わせ、脚を組んで話を聞き、途中で数度脚を組み替えた。

見え透いた兆発であるが、私立とはいえ大学農学部の助教で、10年以上も国立大学の農学部で女性に縁の無い生活をしてきた35歳の今池にとっては刺激が強すぎた。気が付いたとき今池は紫乃の挑発に乗ってしまっていた。後先の見境もなくなった今池は紫乃に触れ、避けられると押し倒した。紫乃の声が廊下に漏れて誰かに聞かれては大変だと思ううちに、紫乃の口を手で塞いでいた。そしていつの間にか紫乃が死んでいた。

我に帰ったとき、今池は冷静だった。今池は紫乃の体を自分の部屋のロッカーに押し込めた。三月は卒研も終わり、学生もこの季節には実験を終えている。後は就職を待つだけである。農学部の卒研生とは言え、私学の学生は帰るのが早い。夜のバイトが待っている。いつまでも大学に残っている時間など無いのである。

御器所研究室には大学院生はいなかった。教授の御器所、准教授の吹上も多くの日は7時には研究室を後にしていた。いつまでも研究室に残って研究などしていない。この大学で研究らしい研究をしているのは、国立大学にいた頃の習慣から抜け出せないでいる今池くらいのものだった。

深夜、学生が帰って研究棟の御器所研究室の入るフロアーが無人になった頃、今池は紫乃の遺体をロッカーから運び出し、研究室の実験台に用意した大型動物用の解剖台に乗せた。獣医学部に居た今池にとって大型動物の解体など慣れたものである。解剖台で遺体を解剖し、細かく切り刻んだ後、遺体を何回かに分けてトイレに流した。

紫乃が行方不明になったことで家族から捜索願が出された。しかし捜索願だけでは警察は実質的には何も動かない。友人の間で話題になるくらいである。御器所研究室でも紫乃は未だ正式に配属されたわけではないので、3人の教官の間の噂話程度にしかならなかった。一応教授の御器所は紫乃の家に電話し、出てきた母の芳江から一応の事情を聞いたくらいの対応しかしなかった。

何の調べも無いまま、紫乃の行方は新年度の4月に入っても不明のままだった。学年のマドンナ的な存在の紫乃には何人かの取り巻きがいた。そのうちの千種《ちくさ》は御器所研究室の隣の研究室、伏見教授の伏見研究室に配属になっていた。学生は配属された研究室に閉じこもるわけではない。学生同士の横の広がりは友人関係を通してどこまでも広がる。時折別の研究室に遊びに行き、研究の話や無駄話に花を咲かせ、時には一緒に昼食を食べたりする。

千種は御器所研究室に配属になった友人の学生に研究室の3教官の評判を聞いた。その結果、助教の今池が最近不調であることを知った。特に紫乃が行方不明になったおかげで、ただ一人今池に着くことになった高岡は、困っていた。今池は始終何かを思いつめている様子で、話しかけたり質問しても上の空であったりするという。二人っきりになったときなど、息が詰まるだけでなく、怖くなることがある。もしかして鬱になっているのではないかと教授、准教授も心配しているようだという。

紫乃は千種には気安く何でも話してくれた。今池は紫乃の直接担当教官になるはずの教官だった。紫乃は、今池はいい年のはずなのに、ウブで変態っぽいわ。今度からかってやろうかしらなどと言って笑っていた。千種はそのとき、あまりひどいことは止めた方がいいぞとは忠告して置いた。

＊＊＊

千種は考えた。もしかしたら今池の不調は紫乃の失跡と関係があるのではないのか。少なくとも自分に配属になるはずの女生徒が、面接の直後に行方不明になったのだ。普通の教官なら、自分に何らかの関係があるのではなかろうかと思うのではないのか、今池はそのことを深く考えすぎて、それで思いつめて鬱のようになっているのではないのだろうか。今池なら、紫乃の事を何か知っているかもしれない。聞き出してみよう。

千種は質問の振りをして今池の教官室を訪ねた。一通りの質問を終えた後、紫乃の友人だと名乗った後、紫乃について質問をした。

紫乃をどう思うか？　面接のとき、紫乃にどのような質問をしたのか？　それに対して紫乃はどのように答えたか、紫乃とはどのような研究をやるつもりだったのか？　面接の後に紫乃とは会わなかったのか？

千種の探りはしつこ過ぎた。今池は千種に犯行を疑われているのではないかと疑った。千種の探りを聞いているうち、この学生は俺の犯行を知っているのでは無いかとの疑いが膨らんだ。このまま放って置くと、この学生の持つ疑念が学生の間に広がるかもしれない。もしかして警察がその噂を聞きつけて調べにきたらどうしよう。今池は千種の殺害を計画した。今池は千種に言った。

「今日の質問は大事な点を突いた質問だった。一応答えはしたが、僕なりにもっと調べてしっかりした答えをしたい。後日もう一度ここへ来るように」

数日後、千種は再度今池を訪ねてきた。今池は計画通り、千種に筋弛緩剤入りのコーヒーをすすめた。筋弛緩剤は獣医などが大型動物を薬殺する時に用いる薬である。毒物なので管理が厳重であり、一般人が入手するのはほとんど不可能である。しかし、今池は獣医の資格があり、しかもこの大学でも、前の大学でも筋弛緩剤が置いてある研究室に籍を置いていた。少々持ち出すのはたやすいことである。

眠るように意識を失った千種を教官室のロッカーに隠し、夜を待った。誰も居なくなった研究室で、今池は千種を実験室に運び込み、実験台に乗せて解剖を始めた。紫乃の場合と同様である。いや、2回目の今回は段取りも良く、解体はスムースに運んだ。12時を過ぎるころには千種の姿は実験台から消えていた。

翌日、千種が現われない伏見研究室では学生たちがあいつ、どうしたのかと気にしていた。しかし、学生が一日や二日大学に来ないのは珍しいことではない。しかし、その翌日も、そのまた翌日になっても千種は現れない。携帯にも出ない。教授に報告したところ、教授も心配して誰か千種のアパートへ訪ねて見てきてくれと言われた。

千種のアパートの近くに住む学生がアパートを訪ねた。玄関にはカギが掛かったままでインターホンをならしても返事が無い。管理人に尋ねて部屋を空けてもらったが、千種はいなかった。千種はどこへ行ったのだ。

誰かが言った。これは先日、隣の研究室で紫乃が行方不明になったのと似ているんでないか? すると別の一人が続けた。隣り合った研究室で同じ時期に二人が行方不明になるなんて偶然にしては出来過ぎだよな。二人の行方不明は関係があるんでないか? そう言えば千種は紫乃の取り巻きだったよな。じゃ、二人で駆け落ちか? いや、あの二人に限ってその心配はないな。じゃ、どういうことだ?

みんなが話し合っていると、一人が言った。「千種は先日、御器所研究室の今池助教の所へ行くと言っていたぞ」その話を聞いた伏見研究室の助教、浄心が今池に事情を聴きに来た。今池は「確かに千種君は質問にきたが、15分ほどで帰った。その後のことは知らない」と答えた

伏見教授から連絡を受けた千種の両親は驚き、心配して警察に捜索願を出した。

隣り合った研究室で二人の4年生学生が、同じ時期に行方不明になると言う話は新聞も聞きつけるところとなり、ちょっとした猟奇的事件として記事にも載った。警察も放って置くわけにゆかず、大学に事情を聞きに来た。しかし、事件でもないのに警察が大学構内を調べるわけにゆかず、大学に適当な処置を頼むにとどめた。

大学も困った。私立大学でこのような事件が起こったとなっては大学の存亡にかかわる。このままでは来年の受験生が大幅に減少するかもしれない。大学も委員会を設けて調査を始めた。委員会は両研究室の教授に事情を聴くことにした。学生が居なくなった二つの研究室の教授、御器所と伏見が委員会に呼ばれて事情を説明した。とはいうものの、二人の教授には何もわからない。

みなさん、安息香です。筋弛緩剤を使ったとても怖ろしい事件が起きてしまいました。亜澄先生はどのようにしてこの難事件を解決するのでしょうか？　それではトリック解明編をお楽しみください。

トリック解明編

「先生、大変です」

「どうした安息香、食堂の定食が値上げにでもなったか？　でも、それなら確かに大変だな。で、何なんだ？　大変って言うのは？」

「それどころじゃないんですよ。学生が行方不明になっているんですよ」

「学生が行方不明になることは、珍しいことではないんでないのか？　学生だって大人だ。どこかへ行きたくなることだってあるんでないのか？　悩み多い年頃だからな。安息香と違って」

「それはどういう意味ですか？　まるで私には悩みが無いように聞えるじゃないですか」

「これは失礼。安息香にも悩みがあったんだ。まさかそうだとは思わなかったもので」

「もう、とにかく大変なんですよ。学生が二人、連続して行方不明なんです。それも同じ大学の同じ学科で」

「なに？　同じ大学の同じ学科で学生二人が連続で行方不明？　どういうことなんだ？」

「ね、不思議な話しだと思うでしょ？　もっと詳しく知りたいと思うでしょ？」

「それはま、そうだな。で、どうなんだ詳しい話は？」

「それでこそ、私の尊敬する亜澄先生です」

「気持ちの悪いことを言うなよ。安息香に尊敬されるなんて100年早いってもんだよ」

「恐れ入りますね。でもきっと先生は興味を持って下さると思ったんで、詳しい人物を呼んであります。ご紹介しましょう。茜ちゃん入ってきて」

「おい、茜ちゃんって何のことだ?」

「私の友人です。焦らないでください」

安息香の声に従って一人の女性が亜澄の実験室に入ってきた。

「失礼します。川名茜と申します。遠州大学農学部の修士1年生です。よろしくお願いします」

「あ、これはどうも、亜澄錬太郎と言います。どうぞよろしく」

「先生、そんなに固くならないでいいから、いつもの調子でやってくださいね」

脇から安息香がちゃちゃを入れた。

「で、茜さん。あなたの大学で学生さんが続けて行方不明になっているって安息香から聞いたんだけど、本当ですか?」

「ええ、私も噂で聞いただけなんですけど、どうも本当の様です」

「農学部でですか?」

「はいそうです。私は農学部の生命工学科ですが、問題が起こっているのは酪農学科です。何でも新4年生の男女二人がここ二カ月ほどの間に続けて居なくなっているっていうんです」

「フーン、不思議な話しだね。いなくなったのはいつ頃の話なの?」

「最初に行方不明になったのは女子学生の方なんですが、今年の3月頃だと聞いています。講座配属が決まって、その講座に面接や何かで行き始めた頃だったそうです。先生にも友人にも何も言わずに突然いなくなったんだそうです」

「ご両親にも何にも言わずに？」

「配属されることになった講座の先生が心配して実家に連絡したそうですが、ご両親も何もわからず、驚いて警察に捜索願を出したそうですが、まだ見つかっていないということです」

「いま5月だから、2カ月間ほど行方不明になってるってことだね。結構長いね。お金だって無くなってるだろうし。泊まるところにだって困るよね」

「ええ、そう思います。どこか、友達の所にでも泊まっていてくれるといいんですが」

「そうだね。それでもう一人はどうなの？」

「もう一人は行方不明の女子学生と同じ学科の4年生の男子学生です。学科は同じですが講座は違います。この学生が行方不明になったのは2週間ほど前ということです。この学生も、先生にも友人にも何も言わずに突然姿を消したんだそうです。これも心配したご両親が警察に捜索願いを出しています」

「だけど、見つかりもしなければ連絡も無いってことなんだね？」

「はい、その通りです」

「不思議な話しだね。大学4年生と言えばもう大人なんだから、いろいろの事情で姿を消すこともあるだろうけど、短時間の間に二人も、それも同じ大学、同じ学部、同じ学科と言うのは不思議だよね」

「ええ、私の友人も皆そう言っています」

「君は何か気の付いたことはないの？」

「いえ、なにも。ただこんなことが社会に知られると、うちの大学の評判が落ちて、来年からの受験生が少なくなるんではないかと心配している友人もいます」

「そうだろうね。そのことは大学の経営陣が一番心配しているだろうけどね」

「本当に早く二人が帰ってきてくれると良いんですが」

「そのとおりだね。よしわかった。私も調べて見る。また何か情報が入ったら教えてください。今日はどうもありがとう」

「失礼しました」

「茜ちゃん、ありがとう。亜澄先生は今まで幾つもの事件を解決してきた人だから、きっとこの問題も解決してくれると思うよ。安心してまっているといいよ。今日はどうもありがとう」

　茜の話を聞いていた安息香にも不思議な話しと聞こえたようだ。

「先生、水銀さんに聞いてみたらどうでしょう？　何か知ってるかもしれませんね」

「そうだな、水銀に聞いてみよう」

　亜澄は友人の水銀に電話した。水銀は警視庁の刑事だが、現在は静岡県警に出向して来ていた。

「やあ水銀、元気か？」

「おお、いつも通りよ。どうした、なにかまた事件か？」

「ああ、事件と言っていいかどうかはわからないが、同じ大学の同じ学部、同じ学科で学生が二人行方不明になってるってことなんだが知ってるか？」

「ああ、チラッとはな。3月と今月だな。親から捜索願が出てるってことだな」

「そう、そのことだ。警察は調べてるんか？」

「いや、捜索願が出たくらいでは警察は動かない。事件とは言えないからな。しかも大学生は大人だ。どこかで一人になりたいと思ったのかもしれないからな」

「それはそうだが、大学の一学科なんて1学年100人も居たら関の山だろ。そこの二人が短期間で行方不明ってのはやはり変ではないのか？」

「それはそうなんだよな。それで警察でもそろそろ何か調べようかって雰囲気にはなってきてるんだ。今日、大学で調査委員会が開かれるってんで、うちでもその結果を待ってるんだ。調査委員会で何かあったら知らせるよ」

「ありがとう、じゃ待ってるよ」

　電話を切ると亜澄は安息香に言った。

「ということだ。警察はまだ動いていないようだな。今日大学で調査委員会が開かれるんで、その結果を教えてくれるそうだよ」

「そうですか。いよいよ大学でも放って置けなくなったんですね。でも大学の調査委員会なんて捜査権も何にもないんですから、どうやって調査するんでしょうね？」

「そうだな、せいぜいが関係者からの事情聴取ってとこでないのかな？」

「関係者と言っても、学生の属していた講座の教官、友人、家族くらいのものでしょ。みんな心配していた人ばっかりなんだから、いまさらそんな人に聞いて、なにかわかるんでしょうか？」

「ま、大学としてもやるだけのことはやりましたよっていうポーズの面もあるんだろうね。何にもしないってわけにも行かないだろうからね」

「そうかもしれませんね」

2、3日後、水銀から電話が入った。
「やあ亜澄、大学の調査委員会から報告書が来たよ。一言で言えば新しいことは何も無いな。ただ、時系列がハッキリしてきた。あそこの学科では新4年生の配属講座が決まるのは3月10日なんだな。その後、講座毎に面接やなんかがあるんだが、それは講座任せになっている。で春休みに入って、4月になると、適当な時からその講座で研究が始まるって流れになっている。

行方不明の女子学生は久弥紫乃と言うんだな。この子は御器所研究室に配属になったんだが、この講座の教官は教授が御器所、准教授が吹上、助教が今池の3人だ。それで、新卒研生との面接は3月12日に御器所が一人で行った。これは例年通りだと言う。

その後、教官3人が集まって直接教える学生を決めるんだが、御器所研では直接教えるのは准教授と助教であり、ほぼ3：2の比になるようにするってんだな。で今年の4年生は5人なので准教授3人、助教2人という分担になったわけだ。

誰が誰を分担するかは名簿の順に従って准教授：助教と一人ずつ取ってゆくってんだから機械的なもんだ。その結果、紫乃は助教に着くことになったそうだ。

御器所研ではその後、担当教官と面接を兼ねて今後の研究テーマの説明を行うんだが、この日にちなどは一切教官任せになっている。助教の今池は13日に男子学生、14日に女子学生と面接を行ったそうだ。

大学が掴んでいるのはそこまでだな。後は行方不明になったってことだけだ。捜索願いは16日に両親からだされている。実家は浜松市で紫乃は実家から通っていた。御器所研では4月7日に学生が集まることになっていたが、紫乃は行方不明のままってことだ」

「そうか、最後の足取りは3月14日に助教の今池に会ったってことだな」

「そうだ。そうなる。で、男子学生のほうだが、これは千種と言う子で、この学生の配属講座は同じ学科の伏見研だった。この学生が最後に見かけられたのは4月20日。講座に顔を出してみんなで話をしていたそうだ。翌日から講座に顔を出さなくなったので、教授の伏見が心配して学生にアパートを訪ねさせた。管理人に空けてもらった部屋に入ったがもぬけの殻ってことだ。教授が心配になって山形に居る両親に連絡したのが4月25日。両親から捜索願いが出たのが26日ってとこだな」

「そうか、半月ほど前ってことか? で、二人ともまだ行方不明のままってことだな」

「ああそうだ。なんか気になるな。二人で駆け落ちでもしてるんなら簡単なんだが、学生の話によるとそれはあり得ないってことになってるようだ」

「なぜありえないんだ?」

「何でも、紫乃はビックリするくらいの美人なんだそうだ。で、千種は紫乃の取り巻きで、紫乃と愛の恋のという関係では全くないということなんだな」

「そうか、それもまた気の毒だな」

「いや、今時の学生はそうらしいよ。取り巻きだの、送り迎え専門だのって、変な関係で満足してる学生が多いらしい。なんせ草食系だからな」

「なるほど、そう言う時代か」

「そういうことだな。それはともかくとして、二人は別個に行方不明になっているというのが大学の見解なんだな」

「それで、教官に対する調査はどうだったんだ?」

「委員会が呼んだのは二人の配属した講座の教授だ。紫乃の付いた御器所によると、紫乃に教官として最後に会ったのは助教の今池だそうだが、彼によると今後のテーマのことなどで40

分ほど話した後、彼女は帰ったと言うことだ。千種の場合には教授の伏見によると、学生同士で話をして別れたきりなので、教官は何も知らないってことだ」

「そうか、あまり役に立つ情報は無いな」

「ま、そういうことだ。警察としても当分様子見しかないな」

「そう言うことだな、ま、ありがとう」


後日、安息香がやってきた。

「先生、とうとう出ましたよ」

「何が出た？　まさか幽霊ではないんだろうな」

「違いますよ。こんな真昼間っから幽霊が出るはず無いでしょ。幽霊ってのは暗くなってから薄暗い所に出るものなんですよ」

「ほう、詳しいな、じゃなんだ？　出たってのは？」

「週刊誌ですよ。連続行方不明事件。週刊誌に出たんですよ」

「そうか、とうとう出たか？で、なにか新しい事実でも書いてあるか？」

「いや、何も無いです。水銀さんから聞いたままです。しかしこれは大学にとって痛手でしょうね。親としてはこんなアブナイ大学には子供をやりたくないと思うでしょうからね。大学としては一刻も速く解決して欲しいと思ってるでしょうね。アレ、ケータイが鳴ってる。誰かな？　あ、茜ちゃんだ。スミマセンね。電話ですので」
2、3分して安息香が戻ってきた。茜が伝えたいことがあるのでこれから伺って良いかどうかの電話だった。
1時間ほどして茜がやってきた。

「やあ、茜さん、わざわざ来てくれてありがとう。どうしたの？　なにかあった？」

「ええ少し。実は週刊誌を読んだんですが、私が知っていることと少し違うものですから、お知らせしようと思いました」

「そうか、それはありがとう。どこが違うの？」

「男子学生の千種さんのことです。千種さんは、いなくなる数日前に御器所研の助教の今池先生に会いに行ってるんです。何か質問があるって友人には言っていたそうです。伏見研の助教の浄心先生が今池先生に確認したっていってるそうですから、間違いないと思います」

「どういうこと？　千種君に最後に会った教官は今池助教ってことになるんだね」

「ええ。そうだと思います。でも千種さんが行方不明になるのはそれから2、3日後の話ですから、直接は関係の無い事かもしれませんね」

「で、今池先生に会ってからの千種君を知っている学生さんはいるのかな？」

「さあ、それは私も学科が違っているので詳しいことはわかりません」

「なるほどね。これはすごい事実かもしれないな。とにかく、紫乃さんの場合も千種君の場合にも、教官として最後に会ったのは今池先生ってことになるんだね」

「ええ、でもそれは私たちが知っている範囲のことで、私たちの知らない所でその後他の先生方に会っている可能性はあると思います」

「なるほど、それはそのとおりだ。いや、茜さんありがとう。すごく重要な情報だった。これで事件は解決すると思うよ」


茜が帰った後、亜澄は水銀に電話した。

「水銀か。いまスゴイ情報が手に入ったぞ」

「何だ？　スゴイ情報ってのは。二人の居場所でもわかったか？」

「いや、そうじゃない。女子学生に最後に会った教官は助教の今池だったな。今学生さんに聞いたところでは、男子学生も最後に会った教官は今池らしいんだ」

「なんだって！　二人とも最後に会った教官は今池だってのか？」

「そうだ。そういうことだ。それは、二人の場合とも、今池に会った後にもっと重要なカギを握る人物に会った可能性はいくらでもあるが、まずは今池に当たってみた方が良いんでないか？」

「うん、俺もそう思う。よし、早速今池に当たってみよう。何か進展があったら知らせるから。まずはありがとう、スゴイ情報だ」

数日後、水銀から電話が入った。

「どうだ水銀、何かわかったか?」

「ああ、両研究室の全教官と全学生に聞いてみた。紫乃の場合には、今池の部屋を出てからの紫乃に会った者は大学関係にはいない。両親も会っていない。

今池の場合は、彼が千種に研究室で会ったのは本当だった。今池が認めた。しかし、その翌日、研究室の学生は千種と一緒に学食でメシを食っている。だから行方不明になったのはその後だ。もしかしたら、その後に鍵を握る人物に会ったのかもしれない。問題は、それは誰だ?ってことだ」

「そうだな。それは誰かが問題だ。水銀、その誰かは今池でも良いんでないか?」

「なんだって? 今池だって。チクショウ!思いつかなかった。そうだな、今池が2回会っていても良いわけだ。そうすると、二人とも最後に会った教官は今池ということになる。ようし、引っ張って吐かせてやる」

「水銀、相手は大学人だ。治外法権ではないが、あんまり手荒な事をすると後でしっぺ返しを食うぞ。気を付けてな」

「ああ、わかってる!」

数日後、水銀から電話が入った。

「水銀か、元気がない様だな。どうした？」

「いや、今池を任意で引っ張ったんだが、頑として口を割らないんだ。こっちもしっかりした証拠があるわけでもないんで、彼の自白待ちってとこなもんだからな。証拠が無いのに逮捕もできないしな。困ったもんだ」

「そうか、大変だな。俺は犯人は今池だと思うよ。勘だけどな」

「勘で逮捕できれば警察も楽なんだがな」

「水銀、学生たちは行方不明だと思うからそんな呑気な事を言ってられるんだぞ」

「オッ、きついことを言うな。じゃ学生たちはどうなってるんだ？　まさか」

「そうだよ。俺はそのまさかだと思ってる。それは学生たちが農学部酪農学科と聞いた時から、その可能性があると思ってた。それが女の子が行方不明になって2カ月以上、男の子だって1カ月近く。そんな長い間、大の大人を二人も生かしておけるか？　二人はもう死んでると思った方が間違いないんでないか？」

「オマエ、恐ろしいことを言うな。じゃ、今池は二人を殺したと言うのか？　どうやって殺したんだ？　死体は何処に隠したんだ？　動機はなんだ？」

「俺が今、農学部酪農学科って言っただろ？　ヒントはそこだ」

「なに、全くわからん。なんで酪農学科だと殺しに関係があるんだ？」

「酪農学科ってどういう学科だ？　豚、ヤギ、牛など大型動物を扱う学科だろ？　動物は必ず死ぬ。酪農はそういう動物の死と向き合う学科だ。そう言えばわかるだろ？」

「なに、今池は死んだ動物を扱うように学生を扱ったと言うのか？　そんな恐ろしい」

「恐ろしいなんて感傷に耽っている場合ではないぞ。大至急ガサイレだ。教官室と実験室を家宅捜査だ。調べるのは学生の髪が落ちていないかだ。特に教官室のロッカーに気を付けろ。学生をロッカーに入れて置いたかもしれないからな。

　それから実験室では解剖台だ。特に人間を置けるような大型の物だ。いいか。隅から隅まで調べて人間の血液を探すんだ。見つかったら学生のDNAを手に入れてそれとの照合だ。ばらして細かくした遺体はトイレに流すのが最も簡単だが、酪農学科だから動物のエサを冷凍して保管してあるだろう。その中に混ぜてあるかもしれない。

　それから、毒物保管庫を当たって筋弛緩剤の在庫を調べろ。使用帳簿、学生の実験ノートと厳密に照合するんだ。合わなかったら大問題だぞ。良いか？　必ず証拠は見つかる。隠滅されないうちに大至急だ！」

「オオ！　やってやる。見てろ！」


　数日後、水銀から電話が来た。

「亜澄、感謝するぞ。解決した。お前の言うとおりだった。ロッカーも二人の髪があったし、解剖台から人血が見つかった。DNA照合の結果、二人と一致した。筋弛緩剤も1本紛失していた。これを突き付けたら今池も観念して全て白状した。完全解決だ。かわいそうなのは学生の両親だ。母親は失神状態だった。悪魔の仕業だな」

「ああそうだな、全く悪魔の仕業だ。滅多にない事件だったな」

「先生、お疲れ様でした。大変な事件でしたね」

「ああ、そうだったな、思い出したくもない事件だったな。今日は学生と飲みに行くか？」

「それ良いですね、茜ちゃんも呼んでいいですか？」

「もちろんだよ。事件が解決したのは茜さんのおかげだからな」

【筋弛緩剤とそれを用いた事件】

本篇では毒物として筋弛緩剤が出てきました。筋弛緩剤は筋肉の働きを失わせる毒物であり、大型の動物の屠殺などに用いられます。また殺人に用いられることもある恐ろしい毒物です。

筋弛緩剤

筋弛緩剤は、神経や細胞膜などに作用して、筋肉の動きを弱める医薬品です。麻酔薬の一種と見ることもできるでしょう。

筋弛緩剤は、外科手術などに使用されます。通常では、筋肉は伸縮を繰り返しています。そのため切開手術が行いにくい場合がありますが、その様な場合に筋弛緩剤を用いると筋肉の収縮を選択的に抑えることができ、切開を行いやすくなります。また患者の気管にチューブを差し込むときなどにも用いられます。気管が広がり、挿入時の患者の苦痛を和らげることができるからです。

しかし、筋弛緩剤は非常に危険な薬剤であり、使用方法を誤ると、心停止や呼吸停止などの事態を引き起こすことがあります。そのため、薬事法により「毒物」として指定されています。筋弛緩剤は、外国では、人間の安楽死の際に用いられることがあります。

筋弛緩剤のひとつ、パンクロニウムはアメリカでは薬物による死刑執行時に使用する薬物としても知られています。また大型動物の屠殺にも用いられます。

したがって、医療関係者は筋弛緩剤の取り扱いには十分注意する必要があります。つまり他の薬品とは分けて、医薬用外毒物と赤地に白く印刷した紙を貼った専用ロッカーに保管し、厳重に施錠しなければなりません。さらに、筋弛緩剤を医薬用に処方した場合には、薬剤師が使用量を台帳などに記入することが義務付けられています。

◉パンクロニウム

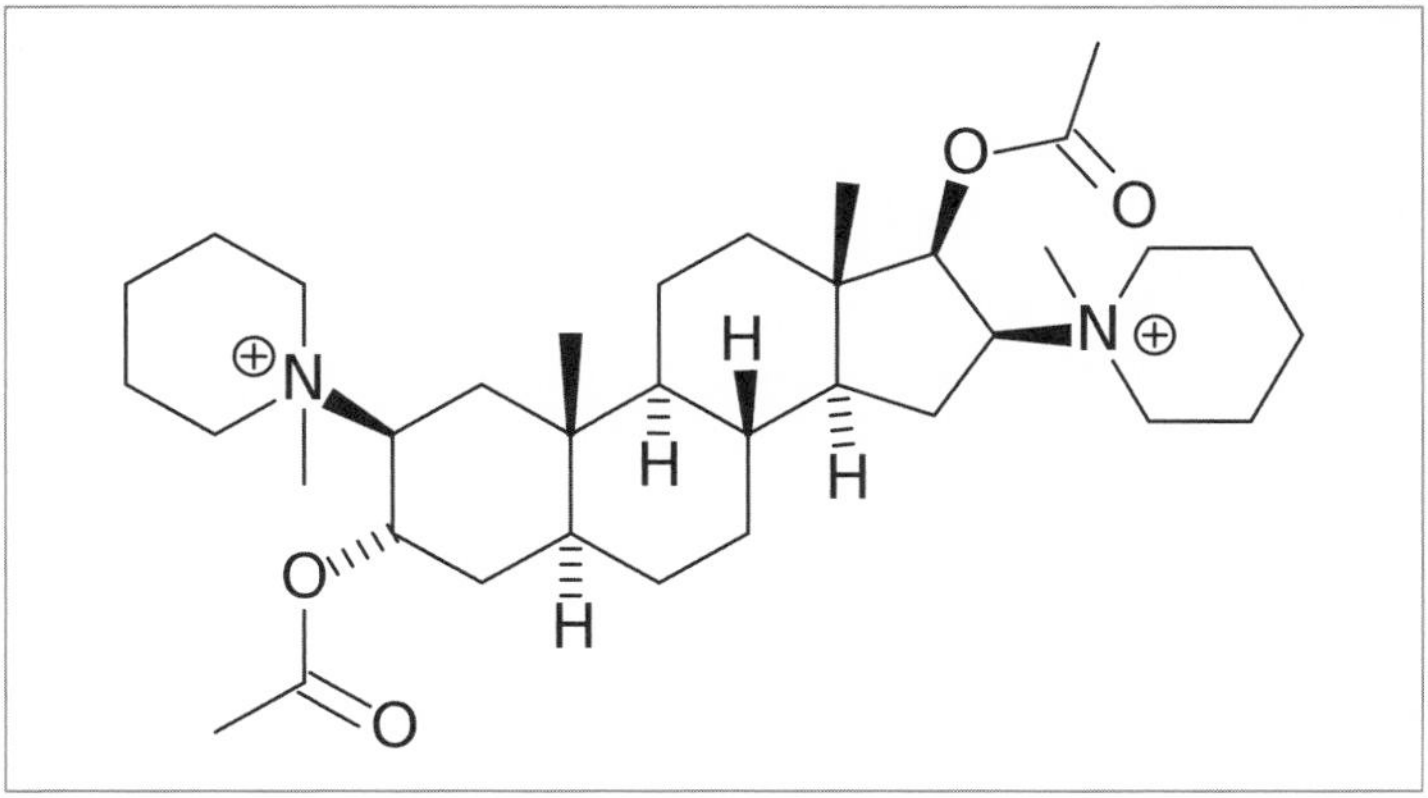

ブリーダー殺人事件

1992年頃に大阪府で、「ブリーダー殺人事件」と呼ばれる連続殺人事件が起こり世の中を慄然とさせました。大阪府の自称「犬の訓練士」、上田宜範（当時39歳）が、92年頃から、判明しただけで男女5人を殺害、遺体を犬の訓練場として借りていた長野県の農地へ埋めた事件でした。そしてこの事件に用いられたのが筋弛緩剤だったのです。

1993年10月、大阪市の主婦T子さん（47歳）が、約50万円の預金をおろしたまま失踪しました。同じ頃、同じく大阪府の主婦S子さん（47歳）も730万円を引き出して姿を消しました。

失踪した2人の主婦は犬好きであり、調べた結果、二人はある犬の訓練士でつながっていることが判明しました。その人物が犯人の上田だったのです。調査の結果、他にも彼の周辺で3人の男性が失踪していることがわかりました。

1994年1月、ついに上田が殺人・死体遺棄の容疑で逮捕されました。2月に入って、上田はT子さんの遺体が入ったロッカーを埋めたと自供しました。自供に従って現場を捜索したところ、S子さんの他にK氏、F氏、S氏の合計4人の遺体が発見されました。

上田は大阪府の裕福な酒店の長男として生まれました。高校卒業後、家業を手伝っていましたが、やがて父親の援助を得て住宅販売会社を興しました。しかし会社は3000万円の負債を抱えて倒産しました。借金は父親の援助で返しましたが、再び興した不動産会社や車販売会社で、友人に会社の金を使いこまれ、7000万円の負債を抱えることになりました。今度の借金は祖母の株売却でなんとか返済しましたが、父親には勘当されてしまいました。

その後、静岡県に移り住み、長距離トラック運転手などをしていました。1990年5月、知り合いのパチンコ店の男子店員(未成年)にスナックの開店話を持ちかけ、百数十万円を受け取りましたが諍いが起こり、店員に詰め寄られこれを絞殺してしまいます。しかしこの事件は発覚せず、逮捕後「遺体を富士山麓の樹海に捨てた」と自供したのですが、遺体が発見されず立件は見送られました。

その後もまわりから借金を重ねていた上田は、知人達に「レンタカー会社を共同経営しよう」ともちかけました。しかし出資金が数百万円集まったところで持ち逃げし、90年に横領容疑と銃刀法違反で逮捕され、懲役1年3カ月の実刑判決を受けました。

1991年3月、仮出所した上田は大阪に戻りました。そこで2匹のシェパードを購入し、それを連れて河川敷を散歩中に出会う愛犬家たちに、「犬の訓練士」を名乗り、ブリーダーなどを持ちかけるようになりました。

上田は1992年には物流会社でアルバイトをしていましたが、その頃の同僚にS氏（23歳）という男性がいました。ここでもS氏とお金のことで争いが起こりました。6月下旬、上田はS氏を電話で呼び出し、車に乗せました。そして下痢を訴えるS氏に下痢止めと言って睡眠薬を飲ませました。そのまま、借りていた長野県の農地まで車を走らせ、筋弛緩剤をS氏の左腕に注射して殺害し、遺体をその場に埋めました。

上田は以前、知り合いの獣医が筋弛緩剤を子犬に注射するのを見たことがありましたが、子犬は苦しむことなく死んだことに興味を持ったと言います。上田はその医師から安楽死させたい犬がいると言って筋弛緩剤と注射器を入手しました。これを用いてS氏を殺害したのでした。

F氏の殺害は次のようなものでした。大阪市の男性F氏（33歳）は、前妻が犬の雑誌の文通欄で上田と知り合ったことが縁で親しくなりました。上田は夫妻にペットショップ共同経営をもちかけ、「300万円を援助する」と約束しました。しかしそれを催促されるようになると、殺害を決意し、車中で睡眠薬を飲ませたうえで、筋弛緩剤を注射して殺害しました。

大阪市の男性K氏(20歳)は先のS氏と同じく物流会社のアルバイト先で出会いました。上田は「犬の繁殖所、訓練所を手伝わないか?」ともちかけ、塩尻市の農地の整地作業をさせました。しかしアルバイト料の支払を求められ、7月に殺害して埋めました。

先に見たT子さんとは、行きつけの獣医を介して1992年10月頃に知り合いました。上田はT子さんに共同経営をもちかけ、犬の仕入れ代金として、貴金属や現金50万円を受け取りました。T子さんにお金を返すように詰め寄られた上田は、10月に自宅でT子さんを毒殺、遺体を金属製ロッカーに入れ、自分のトラックの荷台に隠しておきました。

S子さんが殺されたのはその3日後のことでした。S子さんと知り合ったのは1991年のことでした。S子さんはいたずら好きな子犬に手を焼いていたので「訓練士」と名乗る上田にこの子犬の訓練を依頼したのです。

上田はまもなく家を訪れるようになり、S子さんとその夫は上田と親しくなっていきました。やがて上田は「訓練所や繁殖施設の共同経営者にならないか」ともちかけました。これに乗って夫妻は1000万円を上田に手渡しています。

しかし、繁殖場の計画が進展しないことからS子さんに問い詰められた上田はS子さんをトラックに乗せ、睡眠薬を飲ませました。しかし途中で目を覚ましたS子さんが、遺体の入っているロッカーを見つけ、変な臭いがすると騒ぎだしたため、筋弛緩剤を注射して殺害しました。

１９９４年、上田に筋弛緩剤を渡したとして略式起訴された大阪市の獣医が、罰金50万円の略式命令を受けました。

公判が始まると、上田は「自供は警察の暴行により強要されたもの」と無罪を訴えました。しかし、１９９８年3月大阪地裁は「短絡的、自己中心的で、生命への尊厳の意識が欠如した無慈悲で異常な犯行」として死刑判決を出しました。

上田は控訴しましたが２００１年3月には大阪高裁で控訴棄却となりました。その後上告しましたが、２００５年12月、最高裁で「動機に酌量の余地はなく、非道かつ残忍な犯行。被害者は計5人に及んでおり、生じた結果は極めて重大であり、一、二審の死刑判決を是認せざるを得ない」として上告棄却。死刑が確定しました。

私が書いた本編もオソロシイ事件でしたが、所詮は空想に過ぎません。現実には、空想や小説など、裸足で逃げ出すような事件が起きているのです。

第4話

毒の巫女舞（三重編）

～第4話　毒の巫女舞(三重編)～

三重は、伊勢湾から熊野灘に至る海岸を独り占めしたような県である。

海に面した三重は当然ながら海の幸に恵まれている。三重で獲れる魚介類の種類は上げきれないほど多いが、やはり伊勢の海で取れる代表となったら伊勢エビであろう。赤く大きく堂々としたその姿はまさしくエビの王様と呼ぶに相応しい。

貝といえば忘れてならないのが真珠貝であり、これは食べても美味しい。特にその貝柱は粕漬けにして真珠漬けの名前でみやげ用に売られているが、みやげ物にあるまじき(失礼)美味しさである。

真珠貝が作ってくれるのが真珠である。

◉真珠

英虞湾《あごわん》の多徳島《たとくじま》で最初に養殖真珠を完成させた御木本《みきもと》幸吉の苦労は大変なものであったという。しかし、御木本のこの発見のおかげで、それまでは海の奇跡と思われた真円の真珠を集めたネックレスで女性の胸元を飾ることが出来るようになったのである。

伊勢の森に鎮座ましますのが伊勢神宮であり、ここは天照大神《あまてらすおおみかみ》を祀る神社であり、いわば神社の総本山である。天照大神はイザナギ神、イザナミ神の間にできた3人の子の長子で女性であり、兄弟のツクヨミ尊が夜の食国《おすくに》、スサノオ尊が地下の根の国を支配したのに対して天の高天原《たかまがはら》を治めた神である。

ということで、伊勢神宮は日本国家全体の守り神である。したがってここでは自分個人の健康や栄達、ましてお金儲けなどを祈っても聞き届けて貰えないという。あくまでも国家の安寧と発展をお祈りする場と言うことである。

＊＊＊

今日は市で一番大きな神社の秋の例大祭である。境内から参道に掛けては屋台がビッシリと並び、子供たちの集団や、子供連れの家族客で賑わっていた。近隣では名の知れた神社なので、市外からの参拝客も多かった。

拝殿の隣には神楽殿があり、タイコ、ショウ、ヒチリキの音に合わせて白装束と赤い袴の2人の巫女が鈴を鳴らしながら巫女舞を舞っていた。巫女舞はともかく、雅楽の生演奏に合わせての舞というのは最近珍しく、それを目当てに祭礼に参拝に来る客も多かった。大勢の観客が巫女舞を注目していた。

突如、巫女の一人あけみが、変わったしぐさをした。胸の辺りを押さえたと思うと苦しげに空を睨み、とそのまま崩れるように床に倒れた。手から落ちた鈴が激しい音を出した。突然のことで皆が驚いた。見ていた観客の中には悲鳴を上げた者もいた。神楽殿の周囲は驚いた客でパニックになっていた。

脇にいた雅楽の奏者が助け起こすと、あけみは口の端から血を流していた。会場は大騒ぎとなり、救急車とパトカーが急行したがそのときにはあけみは既に心肺停止状態だった。大至急、最寄りの大学病院に搬送したが死亡が確認されただけだった。警察の鑑識の調べでは、死因は植物アルカロイドによる中毒死と判定されたが植物名の断定までには至らなかった。

＊＊＊

伊勢大学文学部、英語学科の准教授藤岡は、35歳と若く、結婚して2年に満たなかった。子供は未だなかった。ハンサムで授業が上手であり、学生の質問にも丁寧に答えてくれるので学生、特に女学生に人気があった。その人気を良いことに、藤岡はこともあろうに同じ学科の４年のあけみと付き合っていた。しかし、藤岡はあけみだけでなく、修士課程1年の詩織とも付き合っていた。時折、学外のレストランで食事をしたり、映画を見たりしていた。

あけみが妊娠した。あけみは藤岡に妊娠を告げ、妻と離婚して自分と結婚するよう頼んだ。藤岡とて突然の妊娠告白で驚いているのに、その上、離婚してくれ、結婚してくれでは気も動顛する。ようやく気を取り直して、そんなことは出来るものではない、とあけみの話を断った。するとあけみは、結婚してくれないのならこのことを大学のセクハラ防止委員会に訴えると言った。

セクハラに世間の目が厳しい昨今、そのような訴えをされたら大変である。入学生の減少にあえいでいる私立大学は特にそのような醜聞に敏感になっている。セクハラが明らかになり、新聞や週刊誌に載ったらおしまいである。運よく懲戒解雇にならなくても、辞職はしなければならないだろう。その後はどうなる？　今時セクハラで首を斬られた教官を雇ってくれる大学があるとは思えない。妻は見切りを付けて離婚するだろう。
とにかくその場は必死になってあけみをなだめたが、あけみが納得したわけではない。同じような場面がこれから何回となく繰り返されるだろう。そのうち出産でもしたらどういうことになる？　考えれば考えるほど、どうにもならない立場にいることを藤岡は理解した。

あけみを何とかしなければ。藤岡はあけみを始末することにした。数日後、再び研究室を訪れたあけみに精神安定剤と偽ってカプセル入りの毒薬を渡した。アリバイを稼ぐため、カプセルは溶けるのに1時間程かかる長時間タイプの物を選んだ。しかしその場はカプセルを渡しただけで、あけみがそれを飲むかどうか、もし飲んだとしてもいつ飲むのか、藤岡にはそこまで計画出来るわけではない。

それを知らずにあけみは思いついた時に毒薬入りのカプセルを飲んだ後、アルバイト先の神社の祭りで巫女舞を舞ったのだった。その最中に体内のカプセルが溶けて毒物が体内に入り、中毒を起こして倒れたということである。解剖の結果あけみは妊娠4カ月であることがわかった。

事件を知った詩織は驚いた。詩織とあけみは、学年は1年違うが、仲の良い友人同士だった。あけみは美人で奔放な性格なので男友達は多かった。あけみは男友達の話を詩織にはあっけらかんに話してくれた。教官藤岡との関係はさすがに詩織にも話はしなかったが、詩織は藤岡が自分とあけみに二股をかけていることを知っていた。

自分と付き合っていながら自分より年下のあけみと良い関係になっている藤岡に憎しみを感じると同時に、藤岡に自分より愛されているように思えるあけみに嫉妬を感じていた。しかし、詩織は藤岡と男女の関係になったことは無く、当然あけみと藤岡もその様な関係にあるとは思っていなかった。

＊＊＊

そのあけみが衝撃的な死に方をした。警察は毒物による他殺と断定したと言う。誰があけみを殺したのだ。詩織は真相を推理した。あけみの妊娠が明らかになったと言うからには、犯人はあけみを妊娠させた男の可能性が高い。あけみが話してくれたことによれば、あけみは経済学部4年生の本郷と付き合っていた。二人の仲はあけみの同級生ならみんな知っているというものだった。

あけみの同級生たちは、あけみと教官藤岡の関係は知らなかったので、あけみの恋人は本郷一人であると思っていた。そのため、あけみのお腹の赤ちゃんの父親は本郷であろうと噂していた。中には、あけみを殺したのは、妊娠を責められた本郷であろうと密かに噂する者もいた。

詩織は本郷に会い、あけみの友人であり、あけみ事件の真相を知りたいと思っていると断った上で、本郷に何か知っていることは無いかと尋ねた。あけみの友人たちは、恋人の貴方があけみのお腹の赤ちゃんの父親でないかと噂している。さらに、それを告げられた貴方があけみを殺したのではないかと無責任な噂をばら撒く者までいると告げ、本当にあけみの死と関係が無いのかと、短刀直入に尋ねた。

それに対して、本郷は冷静に、自分は犯人ではないことを説明した。自分はあけみと赤ちゃんが出来るようなことはやったことが無いと言うのである。警察でもそのことを聞かれ、潔白を証明するため、ＤＮＡ検査をしてもらった。その結果、自分が父親ではないことが証明され、警察も納得したという。

これで本郷があけみを妊娠させた本人ではないことがハッキリした。多分、あけみ殺しの犯人でもないだろう。殺す理由が見つからない。それでは犯人は誰なのか？　詩織と本郷は共力して犯人を捜し当てることにした。

犯人を捜すにはまず、あけみを妊娠させた男を探すのが早道であろうと言うことで二人は合意した。それではあけみが付き合っていた本郷以外の男性、それは誰だろう？　本郷にはそのような男性に思い当たる節は無いと言う。あけみには、男友達はたくさんいたが、それは全てが単なる学生の遊び友達であり、男女の関係と呼ばれるようなものではないと言う。

しかし、思い出してみれば、あけみには年上の男の影のようなものが見えたようにも思う。特に最近、思いつめたような表情を見せることがあった。

詩織もあけみの男友達のことは学生仲間のことしか聞いていないが、間違いなく付き合っていた年上の男がいた。その男とあけみが男女の関係にあったとは考えにくいが、それは准教授の藤岡である。本郷が犯人でない以上、藤岡に犯人の可能性が出てきた。詩織はそのことを本郷に教えた。初めて藤岡の存在を知った本郷は、藤岡の犯行を確信したようだった。

本郷は何とか藤岡から話を聞き出そうとした。しかし、一介の学生が他学部の准教授にその様な話をする機会などあるはずが無い。多少強引な手でも使わない限り不可能である。本郷は学生食堂を利用することを考えた。

街から離れた所にある大学は、日常の全ての事を大学内で処理しなければならない。都会の大学と違って、学外の食堂に行って食事をすることは無理である。ということで、この大学では昼食は学生も教官も学内の食堂で済ますのが普通であった。

本郷は藤岡が食堂に来るのを何日も待った。運よく藤岡が来ても、回りに人がいたのでは込み入った話はできない。藤岡が人のいないテーブルに着いた時を狙わなければならない。


待った甲斐があってついに好機が巡ってきた。

本郷は思い切って藤岡の正面に座り、話しかけた。まずは藤岡の専門の話から入るのが順当であろう。藤岡の専門は英文学である。本郷に英文学の素養などあるはずが無い。本郷は最近見たアメリカ映画の話を切り出した。意外なことに藤岡は話し好きだった。本郷の話に乗ってき、その映画なら僕も見たなどと言うことで話は弾んだ。

映画の話が一息ついた所で、本郷は本題に入った。実はこの映画を見たのは友人の女性と一緒だった。しかし、その子は最近自殺してしまったんです。そう言った時、藤岡の目の色が変わった。何気ない風を装って「それは大変だったなー」などと言ったが、警戒を強めた風情は明き明きだった。

しかし、藤岡は言った。君の映画の話は大変に面白かった。いつかもっと詳しい話を聞いてみたい。一度僕の研究室へ遊びにいらっしゃいと本郷を誘い、研究室の電話番号を教えた。

＊＊＊

数日後、誘いに乗って研究室に来た本郷に藤岡は睡眠薬入りのコーヒーを出した。眠った本郷を旅行用の大型スーツケースに入れた。夜になってからスーツケースを車のトランクに乗せ、近隣で自殺の名所と言われる秋葉渓谷の橋まで行った。そこでスーツケースから眠ったままの本郷を出し、橋から落とした。

警察は自殺として処理した。本郷のポケットに入っていたワープロ書きの「あけみが亡くなったので生きる力を失った」旨の遺書が決め手だった。

詩織には納得できなかった。あれだけ、あけみ殺人の真相解明に真剣に取り組んでいた本郷が自殺するとは。むしろ、事件の真相を解明すると言う自分に課した使命感で生きる力を得た様子だったのに。もしかしたら本郷は誰かに殺されたのではなかろうか？

本郷が殺されたとしたら、その犯人はだれか？

詩織の頭に浮かぶのは藤岡以外に居なかった。あけみの交際相手として藤岡の話をした時、本郷は藤岡の犯行を確信したように見えた。彼はあのとき、あけみ殺しの犯人は藤岡に違いないと確信したのではないか？　あの時本郷は調べてみると言っていた。もしかしたら本郷は藤岡を調べに行ったのではなかろうか？　藤岡は英文学の准教授である。英語はどの学部でも必修である。学生が教官の所へ質問に行くのはあり得ることである。本郷は質問を装って藤岡を教官室に尋ね、あけみとの関係を探ったのではないのか？

その結果、藤岡に殺されたので無かろうか？


きっとそうに違いない。詩織は自分で藤岡に探りを入れることにした。藤岡と会う時はいつも藤岡から誘いが来た。しかし、あけみが自殺して以来、藤岡からの誘いはなかった。詩織は自分から藤岡に連絡した。いつものレストランで藤岡と逢った詩織は、あけみの事を聞いてみた。

藤岡はあけみと付き合っていたことは認めた。しかし妊娠のことに関しては全く身に覚えがないと否定した。さらに最近、男子学生が近寄ってきたことは無いかと尋ねたが、それに関しても覚えが無いと否定した。詩織は納得できないままレストランを出た。

詩織と別れた後、藤岡は考えた。今の様子では詩織は納得していないようだ。もしかしたら警察に事情を話して捜査を促すかもしれない。そんなことをされたら大変だ。ここはかわいそうだが詩織にも死んでもらうしかない。

＊＊＊

数日後の午後、藤岡は詩織のマンションを訪ねた。訝りながらも詩織は藤岡を招き入れた。詩織はコーヒーを入れた。藤岡はそのコーヒーをテーブルにこぼした。あわてて詩織が布巾を取りにキッチンに行ったすきに藤岡は詩織のカップに持参した睡眠薬を入れた。

入れ直した藤岡のコーヒーを持ってきた詩織はそのまま睡眠薬入りのコーヒーを飲んだ。しばらくすると詩織の話しぶりが滞ってきた。やがて椅子から崩れ落ちるようにして床に落ちた。

藤岡は詩織を浴室に運び、左腕を浴槽に入れて剃刀で手首を切った。浴槽が赤くなった。詩織の机の上に置いてあったパソコンに遺書を書いた。研究がうまく行かない上に親友を失ったことで人生が嫌になったと書いた。

藤岡は持ってきたシリコン樹脂と低融点合金で合いカギを作り、それで玄関の鍵を閉めてマンションを後にした。

数日学校に出てこない詩織を心配して友人がマンションを訪れた。インターホンを押しても応答の無いのを不審に思い、管理人に頼んでマンションに入れてもらった。風呂場をみて詩織が自殺しているのを発見して大騒ぎとなった。

みなさん、安息香です。恋愛感情のもつれから悲惨な事件が起きてしまいました。亜澄先生はどのようにして犯人を特定するのでしょうか？　それではトリック解明編をお楽しみください。

トリック解明編

「先生、半年ほど前、巫女舞を舞っていた巫女さんが突然倒れて亡くなった事件がありましたよね」

「ああ、あったな。そんな事件が。衝撃的な事件だったから、よく覚えているよ。あの事件の犯人は捕まったのかな?」

「いや、未だですね。まだ捕まっていません」

「あれはどうやって殺されたんだっけ? たしか毒殺だったよな」

「ええ、そうでしたね。植物性の毒をカプセルに入れて飲んだんですね。だから、カプセルを飲んだ後、それが胃の中で溶けて毒物が溶けだすまでに時間がかかるんですよね。犯人にとってはアリバイが稼げるわけです。その上、他のカプセルとまぜて出されたら、被害者がその毒入りカプセルをいつ飲むかもわからなくなるので、犯人は絶対的な安全圏に居ることが出来るんですよね」

「そう言うことだな。巧妙で悪質な事件だったな。絶対に許されない事件だ。あんなことを真似する奴がでてきたら、安心して薬を飲むこともできなくなる。で、そのことがどうした?」

「いや、実は、あの時亡くなった巫女さんは大学生のアルバイトだったんですよ」

「エーッ!巫女さんのアルバイトまであるんか? 何でもあるんだな。まさか神主さんまでアルバイトなんじゃないだろうな」

「わかりませんよ。お坊さんのアルバイトだってある世の中ですからね」

「驚いたな。じゃ、あの子はアルバイトの途中で亡くなったのか？　労災はどうなるのかな？」

「先生、そう言う話ではないんですよ。今日お知らせしたいと思ったのは他の事件です」

「そうか、安息香の猟犬のような鼻が事件の匂いを嗅ぎつけて来たってわけだな。なんだ？事件ってのは？」

「あのアルバイト学生は伊勢大学の学生で、文学部英文学科の子だったんです。４年生だったと言います」

「よく知ってるな。警察より詳しいんでないか？　水銀だってそんなことまでは知らないぞ、きっと」

「伊勢大学の英文学科には私の友人が行ってるんですよ。亡くなった巫女さんと同学年で、その子がいろいろ教えてくれるんですよ」

「それがまた凄いと思うよ。その情報網と来たら、まるでロシアのスパイ組織のＫＧＢ顔負けって感じだもんな。そのうちプーチンさんがスカウトに来るんでないか？　この前は水銀に警視庁に誘われたし、就職は大変だな。結婚もその調子だと言うことが無いな」

「先生、そこまで言うとセクハラになりますよ。ホント最近冗談が過ぎるんだから。誰か、女性との接し方を教育してくれる方でも探したらどうですか？」

「オレは安息香がその役をやってくれていると思うんだけどな」

「私は先生の教育係ではありません。お間違えなく。それで事件と言うのはですね。その学科で最近二人の学生が相次いで亡くなっているんですよ」

「なに？　それは巫女さんも入れてか？」

「いや、そうじゃありません。巫女さんの事件後の話です。ですから巫女さんも入れれば3人亡くなっていることになります」

「なんだって、わずか半年ほどの間に3人か？　それも同じ大学の同じ学科の学生ばかりが」

「そう言うことになります。巫女さんは4年生の女学生でしたが、その他に同じく4年生の男子学生、それと修士1年の女子学生です」

「それは大変な事件でないか。でみんな殺されたのか？」

「いや、殺されたのは巫女さんだけで、他の二人は自殺だそうです」

「巫女さんが殺された後、二人が連続して自殺ってことか？　どうなってるんだ伊勢大学は？」

「変だと思うでしょ？」

「それは変だよ。変だと思うなって言う方が無理だよ」

「じゃ、本人を呼んでもっと詳しく聞いてみましょう」

「そんなこと出来るの？　伊勢から名古屋に呼ぶなんて、迷惑でないの？」

「ご心配無用です。彼女の家は名古屋で近鉄で通ってます。伊勢大学と言っても所在地は四日市ですから、急行で40分足らずです」

「そうか、それなら直接聞いてみたいものだな」

「わかりました。呼んでおきましょう」


翌日、安息香の友人の涼香さんが来た。

「こんにちは、上社涼香です。よろしくお願いします」

「やあ、涼香さん、いらっしゃい。良く来てくれました。亜澄です。よろしくお願いします。お宅は名古屋なんだそうですね」

「ええ、そうです。名古屋駅から電車で10分ほどの所に住んでいます。ですから学校のある四日市も近いんです」

「でも今日は涼香さん、大学へ行く前に、わざわざここへ来てくれたんですよ。涼香さんありがとうね。亜澄先生はこれまでにいくつもの難しい事件を解決して警察も一目置いてるんだよ。きっと涼香さんの大学の問題も解決してくれると思うよ。知ってることは何でも話して。きっと、解決の役に立つと思うから」


安息香が亜澄のことを紹介した。

「はい。わかりました。私の知っていることは何でもお話ししますのでよろしくお願いします」

「こちらこそよろしくお願いします。いま、安息香が話したように、今日はあなたの学科で起こっている事件について伺いたいと思って安息香に頼んで、来て頂いた訳なんですよ」

「ありがとうございます。わたしたち学生も心配なんです。この半年の間に、大学の学生3人が亡くなってるんですよ。そのうち二人はうちの学科なんですよね。お祓いをしてもらうべきだなんて真面目に言う人まで出てきています」

「その気持ちもわかるような気がするね。で、最初に亡くなったのは巫女舞の学生さんだったよね」

「はい。神社の春の例大祭でしたから4月3日でした。亡くなったのは私の同級生で4年のあけみでした。それから3カ月ほど経った頃あけみの恋人だった経済学部の本郷君が自殺で亡くなって、みんなが驚いているうちに、その2カ月ほど後、うちの学科で1年上の修士1年の詩織さんがやはり自殺で亡くなったんです」

「あけみさんが亡くなった状況はニュースで知ってるんだけど、本郷君と詩織さんはなぜ自殺したのかな? 事情は知らない?」

「本郷君は亡くなったあけみさんの恋人だったんです。それで、あけみさんに妊娠を打ち明けられた本郷君が困ってあけみさんをどうにかしたんでないかなんて無責任な噂が流れたりしました。しかし、本郷君が警察でDNA検査まで受けて無実なことを証明したので、それ以後はそんなことを言う人もいなくなりました。それなのに本郷君は自殺してしまったんです」

「どうやって自殺したの?」

「自殺の名所って言われている秋葉渓谷から飛び下りたそうです。あけみさんを失って生きる気力を失ったという遺書が残してあったそうです」

「そうか。それで詩織さんは?」

「詩織さんは、マンションの風呂場で手首を切っていたそうです。自殺の理由は研究に行き詰まったことと、親友のあけみさんを失った悲しみだったということです」

「そうか、二人とも哀しい理由だね。それであけみさんと本郷君は本当に仲が良かったの?」

「本郷君は本当にあけみのことが好きだったと思います。でも、私たちは、本郷君の片思いではないの? なんて目で見ていました」

「なるほど、本郷君は本気だったが、あけみさんはそれほどでもなかったってことか。じゃ、あけみさんと詩織さんは?」

「詩織さんは私たちと学年が違うのでよくわかりません。時折、あけみさんと親しげに話していたことは確かです。詩織さんは真面目そうなんで、私たちには近寄りがたい雰囲気がありました」

「なるほど。やはり現場の人たちでないとわからないことがあるもんだね。じゃ、あけみさんのお腹の赤ちゃんの父親が本郷君でなかったってことだけど、それじゃお父さんは誰だったのか。涼香さんは誰か気の付く人はいない?」

「わたしたち、あけみと付き合っているのは本郷君だけだとばっかり思っていたので、他に付き合っている人が居るなんて思っても見ませんでした。ですから、本郷君以外の人なんて思いもつきません」

「そうか、するとあけみさんはよほど上手に隠していたってことになるね」

「そう言うことなんでしょうね」

「これで半年ほどの間に3人もの学生さんが命を失ったんだけど、大学はなにか対策は打たないのかな？」

「この前、〝命を大切にしましょう〟なんていう学長の言葉が掲示板に貼ってありましたけど、みんなあまり読んでいませんでしたね」

「そうだろうな。そんな当たり前のことを言われたって、何を今更ってことだよね。なるほど、いろいろのことがよくわかりました。今日はどうもありがとう」

「いろいろ聞いていただいてありがとうございました。私も少しは気が楽になりました」

「涼香ありがとうね。またいつでも遊びにきて。いつだって大歓迎だからね。それじゃさよなら」

「失礼します」

涼香が去ってから亜澄が言った。

「なかなか礼儀正しい良い子だね。話も整理されてよくわかった。一刻もはやく解決するために、まずは水銀に相談した方がいいだろうな」

亜澄は水銀に電話をかけた。

「おう、水銀、元気か？　今度は三重に出向とは忙しいことだな」

「ああ、東海地方を総めぐりだよ。で、なんだ？　また事件か？」

「ちょっと気になることがあってな。半年ほど前、お祭りで踊っていた巫女さんが死んだ事件があっただろ？」

「ああ、あったあった。俺が丁度三重に赴任した頃だったんでよく覚えてるよ。未だ未解決だったな。あの事件」

「そうだ。それでだな、亡くなった子は大学生で巫女さんのアルバイトをしていたんだ」

「そうだったな。確か伊勢大学って言ったっけ」

「伊勢大学の文学部英文学科だ。ところがな、その後同じ大学の学生2人が自殺しているのは知ってるか？」

「いや、知らない。そうすると半年ほどの間に同じ大学の学生3人が死んでるってのか？」

「そうだ。巫女の女子学生が亡くなったのが半年前、3カ月前には経済学部の男子学生が自殺、2カ月前には巫女と同じ学科の女子学生が自殺している。変だと思わないか？」

「それは、思わなかったらそれこそ変だな」

「だろ？　それもだな、自殺した二人が巫女繋がりなんだな」

「なんだ？　巫女つながりってのは？」

「男子学生は巫女の恋人でな、自殺した女子学生も学年は違うが巫女の女子学生と仲が良かったってんだよ。それでな、巫女の女子学生は妊娠していたんだが、警察のＤＮＡ検査で相手の男性がその男子学生で無いことははっきりしたそうだ」

「なんだ。じゃ、相手は誰なんだ？」

「学生たちは誰も知らないようだ。うまく隠れてるんだな。どうだ、なにか調べてくれないか？」

「調べるに決まってるだろ。それこそが警察の仕事だ。待ってろ、何かわかったら知らせるわ。じゃな」


　数日後、水銀から知らせが来た。

「亜澄か。いろいろわかったよ。まず、亡くなった３人の学生のケータイの交信記録を調べたんだ。３人が共通して更新している相手に藤岡ってのが居てな。巫女の女子学生は月に２回ほどは交信している。これが交際相手だな。それから男子学生は自殺した二日ほど前に交信しているな。もう一人の女子学生も自殺する1週間ほど前だ」

「そうか、意外と簡単に割れたな。その藤岡だな犯人は」

「オレもそう思う。それで藤岡って誰か当たって見た。すると女子学生の学科の准教授に藤岡ってのが居るんだよ」

「それならもう決まりでないか?」

「そうだな。そろそろ任意で引っ張って自供させようと思ってる」

「決め手はDNAだな、女子学生の赤ちゃんと藤岡のDNAが一致したら間違いない」

「よし、引っ張ってみよう。決まったら知らせるわ、じゃな」

二人の電話を聞いていた安息香が言った。

「先生、なんだか簡単に決まりそうですね」

「ああ、そうだな。あんまり簡単なので肩透かしを食ったようだな」

「なにかどんでん返しがあるんでは無いでしょうね」

「まさかとは思うけど、無いとも限らないな。まずは水銀のお手並み拝見と行こう」


それから数日後、水銀から電話が入った。

「おお、水銀。どうだった? 藤岡は吐いたか?」

「いや、それがな、しぶといやつだ。DNAは一致した。しかし藤岡は平気だ。赤んぼの父親は確かに私だ。それは認める。しかしそれと、その母親を殺したことは無関係だってんだな。私は殺していないの一点張りだ。他の二人の学生からの電話も、質問に来たいと言うことでアポを取るために掛けてきた電話だってんだな。

　ところが、自殺した女子学生、詩織って言うんだが、彼女のケータイを見ると、彼女が掛けた通信だけでなく、藤岡から来た通信もあるんだ。で、そこを突くとなんて言うと思う?」

「なんて言うんだ?」

「平気で謝るんだ」

「謝る?」

「ああ、謝るんだ。申し訳ありません。疑われるのが嫌で嘘をついていました。彼女とも付き合っていましたってことだ」

「そうか、それはしたたかだな。落とすにはよほどの証拠が無いとだめか?」

「ああ、そうなんだ。教官室の指紋には本郷のものもあったが、質問に来たんだからあって当然だしな。詩織のマンションやパソコンには藤岡の指紋は無しだ。よほど注意して消したんだろうよ」

「そうか。アリバイはどうなんだ?」

「それも調べた。本郷が自殺した夜は、大学の成人教育で藤岡は講義していた。これは大学の教務課で調べて間違いない。それから詩織が自殺した夜は大学の交響楽団の演奏会に行っていた」

「それは確認できたのか?」

「ああ、確認できた。入場の時には、出演した学科の学生にケーキの差し入れをしたし、帰る時にはその学生に会って演奏を褒めて帰ったそうだ」

「しかし、それじゃ始めと終わりに居たってだけで、途中は抜け出していたかもしれないんでないか？」

「いや、それも間違いない。最初の曲が良くできたってんで終わると聴衆が立ってスタンディングオベーションがあったんだ。これは滅多にあることではないんだが、藤岡は知っていた。また、最後のアンコールの曲目も知っていた。だから、途中抜け出していないことは確かだと思う」

「そうか、鉄壁のアリバイだな。するとシロと言うことになるのか？」

「うむ、それで困ってるんだ。どうだ？　なにかいいアイデアは無いか？」

「そうだな。考えて見る。何か思いついたらしらせるわ、じゃな」


亜澄は脇に居た安息香に言った。

「演奏会に行ったのは藤岡だけでないよな」

「それはそうですね。演奏会ですから、大勢の方が聞きに行ってますよね」

「ということは、スタンディングオベーションとか、アンコールの曲目とかは、後で他の人に聞いてもわかることだ」

「そうですよね。それこそ、ケーキを差し入れた学生に藤岡が聞いたら、喜んで答えてくれたでしょうね」

「そう言うことだな。ということはアリバイが崩れる可能性がある。よし、もう一つのアリバイはどうだ？　成人教育は？」

「伊勢大学は成人教育に力を入れていることで知られてますね」

「そうだな。それでその晩、藤岡は講義に出ていたと教務課は答えているわけだ。本当か？」

「どういうことですか？　出ていなかったってことですか？　ああそうか、休講か」

「そうだよ。休講だよ。休講は本当は教務に届けるもんなんだが、前の週に学生にだけ告げて教務には届けないこともあるようだ。それに、授業の直前に抜けられない用事が入ることもあるしな。無届で休講にしたからと言って、教務が教室に調べに来るなんてことはありえない。そうだ。このアリバイも崩れる可能性がある。よし、水銀に連絡だ」


後日水銀から連絡が入った。声が弾んでいた。

「亜澄、助かったよ。お前の言うとおりだった。藤岡からケーキの差し入れを貰った学生に聞いたところ、演奏会の後日、お礼を言いに部長の学生と二人で藤岡の部屋に行ったそうだ。そこでスタンディングオベーションの件やアンコールの件を話してきたそうだ。ということで、このアリバイは崩れた。

講義の件はな。もう一度教務に行って話を聞いたんだ。講義担当の係員の話はこの前の通りだったんだが、受講生の名簿を貰って、実際に聞いてみた」

「なるほど、それ良いことをしたな。それでどうだった。受講生の話は?」

「ああ、とんでもないことがわかった」

「なんだ? そのとんでもないことってのは?」

「その日は休講だったんだよ。前の週の講義のときに、来週は都合によって休講にしますって言ったそうだ。だから、誰も授業にはいかなかったってわけだ。要するに無断休講だな。だから教務は何にも知らないで藤岡はちゃんと講義をしてるもんだと思ってたんだな」

「なるほど。良かったな、これで万事解決だ」

「おお、そのとおりだ。その上な、藤岡を家宅捜査したところでっかいスーツケースがあったんで中を調べたら本郷の髪がでてきた。このスーツケースにいれて本郷を秋葉渓谷まで運んだんだな。亜澄、オマエのおかげだよ、礼を言うぞ」

化学解説編

【シリコン樹脂と低融点合金】

本編では犯人が被害者の自殺を装おうために、マンションのカギを複製し、それでマンションのカギを掛けて逃走しました。合いカギを作るのに用いたシリコン樹脂と低融点合金とはどのようなものでしょう？

シリコン樹脂

樹脂には天然樹脂と合成樹脂があります。天然樹脂というのは松脂《まつやに》や漆《うるし》あるいは天然ゴムのように植物が傷ついた部分を保護するために分泌した樹液、あるいはそれが固まった物を言います。

それに対して合成樹脂というのは、普通プラスチック、あるいは最近では高分子、ポリマーなどと呼ばれることもある工業製品の事を言います。

高分子とポリマーは全く同じ意味の言葉であり、天然樹脂も合成樹脂も全て高分子の一種ということになります。高分子というのは小さな単位分子が何百個も何千個も繋がったものであり、鎖に例えられます。鎖は非常に長いですが、それは輪っかが沢山つながっているからです。高分子も同じです。単位分子という輪っかが沢山つながった物なのです。

普通にいうプラスチックは単位分子が炭素C、水素H、酸素O、窒素Nなどからできています。しかし、シリコン樹脂の場合には単位分子はケイ素（シリコン）Si、酸素、水素、炭素などからできています。

シリコン樹脂にもいろいろの種類がありますが、普通にシリコン樹脂と言われるものはシリコンと酸素が交互に繋がった、-Si-O-Si-O-という骨格を持ちます。このようにSi-Oの結合を持つ物を一般にシロキサンと呼びます。そしてシロキサン結合で繋がったシリコン樹脂を商品名でシリコーンと呼びます。そのためシリコン樹脂のことを一般にシリコーンと呼ぶことが多くなったようです。

シリコーンには鎖の長さによって液体状の物から硬いゴム状の物までいろいろあります。本編のように、鍵などの型を取る場合には、本体と硬化剤を別々にした2液混合型の物を

◉高分子とポリマー

- 高分子 ＝ ポリマー
  - 天然樹脂 ―― マツヤニ、ウルシ、天然ゴム
  - 合成高分子
    - プラスチック
    - ゴム
    - シリコン樹脂

使います。主剤に、その十分の一量程の硬化剤を混ぜると30分ほどで硬いゴム状に硬化します。

低融点合金

水銀を除く金属は室温で固体です。どのような金属でも加熱すれば融けて液体になります。この温度を融点と言います。主な金属の融点は、鉄（２８６２℃）、白金（プラチナ、１７７２℃）、金（１０６４℃）、銅（１０８４℃）などです。そして全ての金属は更に加熱すると沸点で気体になります。この温度は鉄（２８６２℃）、白金（３８２７℃）、金（２８０７℃）、銅（２５６７℃）などと大変に高い温度となっています。

しかし金属の中には低い温度で溶けてしまう物もあります。例えば鉛（３２８℃）、スズ（２３２℃）、リチウム（１８１℃）などです。ナトリウムは水の沸点より低い98℃で融けて液体になりますし、セシウムは融点28℃ですから、夏の暑い日には融けて液体になっています。特に融点の低いのが水銀であり、マイナス39℃ですから、シベリアの辺りにでも行かない限り真冬でも液体のままです。

融点の低い金属は合金にもいろいろあり、よく知られているのがスズと鉛の合金であるハンダです。融点は両金属の比率で異なりますが、およそ２５０℃程度です。

融点が低い合金は低融点合金と呼ばれますが、よく知られているものにウッドメタルがあります。これはビスマス、鉛、スズ、カドミウムの合金であり、融点は70℃ほどです。コーヒーの温度で融けるスプーンということで昔はイタズラグッズとして使われたこともあるようですが、鉛とカドミウムが有毒金属ということで現在は使われなくなりました。

保温ポットにお湯を入れ、そこに低融点合金を入れれば融けて液体になります。これをシリコン樹脂で作った型に流し入れれば固まって金属製の合鍵が出来ると言うことです。シリコン樹脂も低融点合金も一般に市販されていますから、いろいろの自作の金属フィギュアを作って見るのも楽しいのではないでしょうか？ ただし、折角苦労して作ったフィギュアも、温め過ぎると融けて崩れますからご注意ください。

◉金属の融点

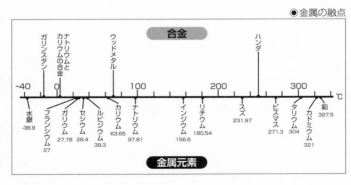

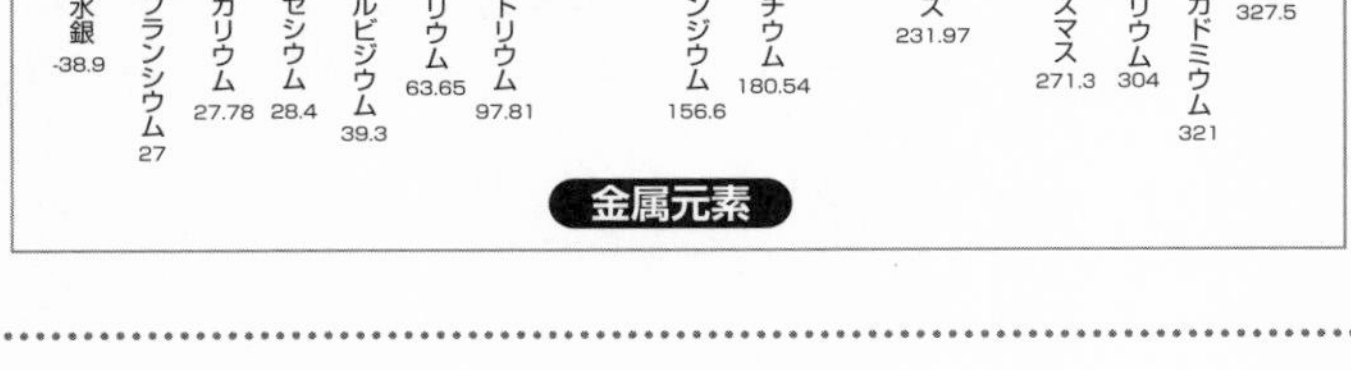

第5話

学長の試金石（岐阜編）

〜第5話　学長の試金石（岐阜編）〜

岐阜県は大きく分けると、北の飛騨と南の美濃になる。油売りの商人から身を起こし、主人を討って岐阜城の主となり、更には織田信長の義父となった齋藤道三を生んだのは美濃である。一方、江戸時代を通じて天領として安定を保証され、独特のパトロン文化とも言うべき旦那様文化を築いたのが飛騨である。

岐阜県の県庁所在地は岐阜市である。道三、信長が居を構えた岐阜城を頂く金華山の麓《ふもと》、鵜飼い舟を浮かべた長良川は日本の夏を代表する景色の一つであろう。鵜飼は鵜匠《うしょう》と鵜が醸し出す歴史絵巻である。鵜匠は風折烏帽子《かざおりえぼし》に腰蓑《こしみの》の姿で10羽ほどの鵜を操

◉鵜飼い

る。鵜はアユを追って川に潜り、アユを捕まえてくちばしでくわえ、鳥の習性で丸呑みにする。しかしかわいそうに、首に巻かれた紐のおかげで胃袋に入ることなく、長い首の途中で止まってしまう。それを鵜匠が手繰り寄せて吐き出させるのである。言ってみれば鵜の手柄をかすめ取っているのである。

鵜匠は誰でもなれるものではなく、いまどき珍しい世襲であり、身分は折り目正しい宮内庁式部職であるという。しかし、お給料の出る宮内庁職員とは違い、自分で獲ったアユがお給料のようなものだという。つまり宮内庁が出すのは鵜でアユを捕ることの許可であり、給料はその許可を用いて自分で稼げと言うことなのであろう。実際に宮内庁から出るのは恩賜《おんし》の粉菓子だけと聞いたことがある。

岐阜県には国公立3校、私立9校併せて12校の大学があるが、そのうち7校が岐阜市にある。

＊＊＊

地方私立大学の美濃大学の現学長、岩塚は高齢のため、今回で引退する旨を表明している。文学部教授八田は次期の学長選を狙っていた。そのためには今回の学部長選が試金石である。ここで学部長になっておくことが次期の学長選を戦うための絶対条件である。邪魔なのは現学部長の高畠教授である。高畠は八田の高校時代の先輩であり、次期学長選の有力候補である。

八田は中央の有名私立大学の早生畑大学を出た後、そこの准教授を務め、その後美濃大学に教授として赴任してきた。それだけに八田は学内に友人が少なかった。事情を知る者は、八田はパラシュートで降りてきたと言う。周りは敵ばかりということである。

それに対して本大学出身の高畠には学内の先輩後輩が多く、当然学内事情に詳しい。つまり、学内最大派閥の長である。加えて高畠は、研究能力はともかくとして妙な人望があり、また学内行政に長けていた。しかしそんなことは言っていられない。学部長戦で高畠に負けたら学長の目は当分無くなる。こんな弱小大学にわざわざ来たのは学長になれると言う誘い文句があったからだ。学長になれないのなら、こんな大学に来た意味は無い。ここは何としても学部長にならなければならない。八田は策を考えた。

八田は高畠に学内資金の流れに関して教えを乞うことにした。人の好い高畠は喜んで高校時代の後輩の八田を自分の研究室に招いた。高畠はウイスキーが好きなことで知られていた。八田はウイスキーを持参し、どうでもよい大学経営の話の終わった所で一杯誘った。高畠は喜んで誘いに乗った。二人は、意気投合し、共に高校時代の昔話をしながら盛りあがった。

　八田の帰った後、高畠はかつてないほど酔っていることに気付いた。さして飲んだとも思わないのに脚が思うように動かない。頭は酔っていないのに脚だけ酔っている。そんな、これまで経験したことの無い酔いである。

　それもそのはずである。八田に飲まされたウイスキーにはコニインが入っていたのだ。高畠がトイレで席を空けた隙に八田が高畠のグラスにコニインを入れたのである。八田は高畠の部屋を辞する時に二人のグラスを自分で洗って食器棚に入れた。ボトルは部屋に残してきた。

　八田が帰った後、高畠は一人では帰ることができないほど酔っているのに気付いた。仕方なく自分の研究室の助教の徳重に頼んで徳重の車で家まで送ってもらうことにした。徳重は高畠の研究室を出た後、そのまま大学に助教として残った。つまり高畠の子飼いであり、閥の一員である。

　徳重に送られて家に着いた高畠は家人に助けられながら家に入り、そのまま布団に就いた。翌朝、なかなか起きてこない高畠を不審に思った家人が起こしに行った時には、高畠は布団の中で冷たくなっていた。

かかりつけの医者を呼んで診てもらった。昨晩大変に酔って帰宅したこと、そのまま布団に入って寝たが、今朝起きたら冷たくなっていたことなどを聞いた医者は、アルコールの過剰摂取による心不全として処理した。以前から、酒の飲み過ぎだから気を付けるように注意していたのに、人の言うことを聞かないからこんなことになってしまったのだ。医者としてはそんな気持ちだったことだろう。事件性など思ってもみなかった。

＊＊＊

不審に思ったのは高畠を家に送った徳重である。徳重が知るところでは高畠は酒に強い。研究室で友人と飲むことはよくあったが、酔ったことはほとんどなかった。今回だって、飲んでいる時間は決して長くはなかった。ボトルにも半分以上のウイスキーが残っていたようである。二人で飲んだのだから、一人当たりボトル四分の一である。高畠にとっては大した量ではない。それにしては酔い方が激しかった。

高畠の悪酔いには何か酒以外の原因があるのではないか？　ウイスキーを飲んでいる時につまみは無かったようだ。もしかしたら夕食に食べた物で食中毒になった可能性もあるのではないかとも思うが、高畠はその日の昼食は大学の食堂で摂った。もし食中毒ならば他に患者が出ているはずだがそんな話も無い。どうも不思議だ？　徳重は閥の親しい友人にその様な話をした。

このことを聞きつけた人物が二人いた。一人は名古屋日報の記者、鳴子である。鳴子は学芸部の記者として大学の情勢や、各研究室が挙げた成果などを調べて記事にしている。したがって大学の内情にも詳しい。次期学長候補とされていた高畠の突然の死には驚いていた。詳しく取材したいと思っていたところにこの話である。これはいつか徳重を訪ねて詳しく聞き出す価値があると思って聞き耳を立てていた。もう一人は閥の一員である体育学部教授の神澤である。

神澤は次期学長として、閥の一員である工学部の教授、相生を推していた。しかし、ライバルが二人いた。一人は現文学部長の高畠であり、もう一人は文学部教授の八田である。高畠は以前から次期学長の有力候補と自他共に許す存在であり、閥の幹部相当の一人である。高畠が自発的に引退するとでも言わない限り、高畠を押さえて相生が学長になるのがかなり難しいことは神澤も知っていた。

八田は高畠ほどの強敵ではないが、次の次辺りの学長選では有力な候補になっている可能性があると神澤は睨んでいた。というのは、有名私立大学の准教授である八田がこの様な弱小私立大学に流れて来るには理由があるはずである。それは、現執行部の誰かが次の学長に推すとの約束を与えていたからなのではないか？

もしそうなら、相生の学長の目はほぼ無いことになる。高畠、八田の二人を押さえて相生が学長になるのは、いくら神澤が肩を持っても不可能と思われた。

しかし、最有力候補の高畠は酒の飲み過ぎという、バカバカしい原因で亡くなった。この先、相生のライバルになるのは八田だけである。そこに降って湧いたのが、高畠の死因の謎である。これは使い物になるかもしれない。神澤のスポーツマンとしての勘が冴え渡った。

神澤は徳重の研究室を訪ね、高畠が亡くなった日の事を詳しく尋ねた。八田がウイスキー持参で訪ねてきたこと、高畠がその酒で酔いすぎたので自分が車で送ったこと、その後のことは自分は知らないが、家人の話として伝え聞くところでは、高畠は家に帰ってから容態が急変して亡くなったようだ、などということを話した。

話を聞いているうちに、神澤には事件の構図が見えてきた。これは飲み過ぎではなく、八田による殺人なのではないのか。八田がウイスキーに何か入れたのではないのか。だとしたら、こちらにも打つ手がある。

神澤は翌日、八田の研究室を訪ね、短刀直入に話し始めた。

「今、学内では高畠教授は飲み過ぎで倒れたのではなく、ウイスキーに入れられた毒物で殺されたとの噂が流れています。そのウイスキーを高畠教授に持って行ったのは貴方と言うことですが、本当ですか？　もしそうなら、貴方が犯人の可能性が出てきます」

八田は反論した。

「失礼なことを言うと怒りますよ。誰ですか、そんなとんでもない噂を流したのは。人物が特定できたら名誉棄損で訴えますよ。第一、どこにそんな証拠があるんです？」

コニインの着いたグラスは自分で洗って片づけ、部屋に残したウイスキーには何の異物も入っていない。高畠の遺体は既に荼毘に付されている。証拠などどこを探しても出てくるはずは無い。八田は強気だった。

しかし神澤は一枚上を行っていた。

「私はこんな噂で貴方に傷をつけることはしたくありません。しかし、貴方は本学から出てゆくべきです。元の大学に戻るか、他の大学に転籍なさい。そうしなければ、私はこの噂を週刊誌に届けます。噂が本当か嘘かなど問題ではない。これが週刊誌に載っただけで、貴方の本学での生命は消えてしまいますよ」

八田に残された道は二つしか無かった。他の大学に移るか、神澤を消すかである。八田は後者を選んだどうやって神澤を消すか？　神澤は話しぶりからして相当にしたたかそうだし、用心深いだろう。毒を盛るのは難しそうだ。それに体育学科の教授だ。体力も俺よりはあるだろう。腕力で始末するのは不可能だ。それでは他にどんな手がある？

八田は青酸カリを用いることにした。青酸カリならネットで簡単に手に入れることが出来る。しかし用心深そうな神澤に毒を飲ませることは無理だろう。八田は青酸カリを水に溶かして水溶液にし、スプレーに入れて吹きつけることにした。

神澤の住所は大学の職員録を調べればわかる。道順は大学を出た神澤の後を付ければ簡単にわかる。予行演習の後、八田は電車を降りて家に向かう神澤の後を付けた。人通りの無い道で神澤を追い抜きざまに口元めがけて青酸カリ水溶液を吹きつけた。神澤はウッといって崩れた。駆け寄った八田は神澤の口を無理に開けさせ、口内にタップリと青酸カリをスプレーした。

神澤が家の近くの路上で青酸カリ水溶液をスプレーされて他殺されたとのニュースは相生を驚かした。神澤は自分を学長にすると言って骨折ってくれた人である。それが殺された。殺人手段から言って物取りとは思えない。何のために殺されたのだ？　もしかしたら俺のせいではないか？

神澤は高畠が亡くなったとき、

「これは神のお導きです。これであなたのライバルは八田だけになった。あなたの学長選勝利は〝目の前〟です」

と言っていた。それが亡くなる前の日に会った時には

「あなたの学長就任は〝確実〟です。八田は本学からいなくなるでしょう」

と変わっていた。一体この数日の間に何があったのだ？　八田が本学に居られなくなると言うのはどういうことだ？

そこへ徳重が訪ねてきた。徳重は同じ大学の出身ということで相生と親しく、時折研究室へ来て世間話をしていく仲である。徳重は話した。先日神澤先生が僕の研究室に来られて、学部長高畠先生が亡くなった夜の事を詳しく知りたいと仰いました。そこで自分の知っていることを細大漏らさず話したところ、神澤先生は「ありがとう。これで学長選は我々のものだ。我々の勝ちだよ」と言って随分喜んでいました。一体、神澤先生がなぜあんなに喜んだのか私にはわかりませんでした。その先生が道で青酸カリを吹きつけられて殺されるなんて、私には信じられません。これで高畠先生、神澤先生と二人連続で私たちの仲間が死んでいます。神澤先生は明らかに殺されたのです。殺人事件です。こうなると高畠先生が亡くなったのも、気になってきます。まさか誰かに殺されたのでは

ないでしょうね」

この話を聞いて相生は神澤と同じことを考えた。この選挙は俺の勝ちだ。八田には大人しく飼い殺しになってもらおう。高畠が八田に殺されたのはほぼ間違いない。しかしこれには証拠が無い。きっと神澤が八田の犯行を疑って八田に脅しを掛けたのだろう。そこで八田に殺されたのだ。しかし、これにも証拠が無い。脅しを掛けた証拠などあるはずが無いし、八田が青酸カリを吹きつけたと言うのも、その証拠を探すのは警察だって大変だろう。こんなことを俺が警察に通報したって警察が信じてくれるかどうか怪しいものだ。

それよりこんなことが茶番劇として週刊誌にでも載ったら八田だけでなく俺までも茶番劇の一登場者として世間の晒し者になる。学長などとんでもないことになる。

＊＊＊

相生は大人の道を選んだ。相生は八田に電話した。

「八田先生ですか。相生です。この度は大変なことになりまして、お見舞い申し上げます。申し上げるまでも無い事でしょうが、高畠先生お亡くなりの件は残念なこととしか申しようがありません。しかしそれに続く先日の神澤先生の件に関しては、いろいろと憶測が働いていることは先生もご存知の通りかと思います。若い先生方の中には、事件の可能性を警察に届けるべしと言う方もいらっしゃいますが、私としては警察の調べも発表にならないうちにその様な早まったことはすべきではないと思い、若い先生方を押さえております。

もし、どなたかが、この様な事をメディアに洩らそうものなら、直ちに本学はメディアの餌食になり、存続する事自体が危うくなるのではないでしょうか？　そればかりでなく、先生ご自身にも取り返しのつかない損害が及ぶことになろうかと思います。

いかがでしょうか？　若い先生方も、本学を存亡の縁に立たしてまでも、事の善悪を言い張るつもりはないものと思います。先生が暫くの間、お立場を考えてくだされば、若い先生方も自分を取り戻してくださるものと思います。よろしくお考えくださいますよう、お願い申し上げます。失礼申し上げまして、お詫び申し上げます」

これで、当事者同士の手打ちは済んだ。いや、済ましたと言うことになるのであろう。八田は一生飼い殺しとして本学で大人しくしているか、どこかの大学に移って知らない顔をして過ごすかのいずれかの道しかない。

しかし、これで済んだと思ったのは相生の誤算だった。神澤の突然の死に大きな裏があるのではないかと思ったのは名古屋日報の記者、鳴子であった。鳴子は徳重を訪ねて高畠の死のいきさつを詳しく聞きだし、その死に不審なものを感じていた。そこに今回の神澤の死である。美濃大学教授の相次ぐ不審死。

大学の内情に詳しい鳴子にはおぼろげながら犯行の図式が見えてきた。高畠は有力な次期学長候補だった。神澤は学内で政治家と呼ばれるほど学内の力関係に詳しく、実力者の間を動き回っては工作している男だ。この二人が殺されたとしたら背後には次期学長選が絡んでいるはずだ。

鳴子は大学関係者を片っ端から尋ね、研究成果を聞きまわると同時に、ついでを装って次期学長選の情報を集めまくった。その結果。学長候補とされるのは亡くなった高畠の他に文学部教授八田、工学部教授相生の二人がいることがわかった。八田は東京の私大から来た男で、どうも次期学長含みで呼ばれたらしい。一方、相生は美濃大学出身であり、美濃閥と呼ばれる勢力の一員である。

東京から落下傘で舞い降りた八田には援護部隊はいないが、相生には閥が付いている。中でも熱心に相生を援護していたのが神澤だと言うことである。と言うことが分かれば、鳴子だって新聞記者である。学芸部という眠ったような部署に居るとは言っても事件の構図は見えてくる。力争いの構図でいえば、八田か相生が邪魔な高畠を消し、その後で相生を立てる神澤を八田が消したと言うのが妥当な筋であろう。それでは実際に高畠を消したのは誰だ？　言うまでも無く高畠に毒入りウイスキーを飲ませた八田だ。すると八田が高畠、神澤の二人をやったことになる。

これで決まりだ。これで記事が書けると思ったが、考えてみればこんな憶測に頼ったアブナイ記事を編集長が許してくれるはずは無い。それではアブナイ週刊誌にこの記事を売るか？　そんなことをしても幾らにもならない。現職の新聞記者がそんなことをやったら新聞社をクビになるかもしれない。それより当事者に買ってもらうことだ。当事者だったら、アブナイ記事を買ったことも秘密にして置きたいはずだ。人に言うことは無いだろう。

この記事が出て一番困るのは八田だ。八田は破滅だろう。殺人で警察に捕まるかもしれない。しかし破れかぶれで、もし俺のことを名誉棄損で訴えて来たらどうなる？　今となっては高畠殺しの証拠は無いので立証は困難だ。神澤事件も立証は不可能ではないのか？　そうなると名誉棄損が通るかもしれない。そうなっては俺がヤバい。

では、相生はどうだ？　この記事で相生が刑事事件的にどうのこうのと言われることは無い。しかし、相生がこんなドロドロの世界に居たことはみんなに知れ渡る。そんな相生を学長に推す教官は少なくとも減少するだろう。

それに私立大学の経営権を握る理事側が黙っていないだろう。泥まみれになった相生をひっこめるに決まっている。そうなったら相生の目は無くなる。美濃大学に居る限り飼い殺しだ。といって他の大学に移ろうにも、あんななんの業績も無いような男を取ってくれる大学など日本中探したってあるはずが無い。

その辺を相生に納得するように話したら、きっと買い取るだろう。高い金にはならないだろうが、八田に持って行って返り討ちになるより、相生で手を打つ方が悧巧というものかもしれない。

＊＊＊

いろいろと考えた挙句、鳴子は相生に的を絞ることにした。うまい事八田に引導を渡したと思い、次期学長の夢に浸って安心していた相生は、鳴子からの思いもかけない電話に驚いた。勝手にしろと蹴っぽろうかとも思ったが、言われてみれば鳴子の理屈もわからないでもない。ここは買っておいた方が無難かなと思い買うことにした。しかし鳴子の要求額を聞いて驚いた。１０００万と聞いた時には耳を疑った。と言って今さら高いから嫌だとも言えない。一生飼い殺しにされるよりはましだろうととっさに考え直し、金の受け渡しの条件を聞いた。

しかし冷静になって考えてみれば、自分がやったわけでもない犯罪の記事を1000万も掛けて差し止めるのは滑稽な話しである。と言って、今更いやだと言ったら鳴子は記事を出すだけでなく、警察に告げるかもしれない。そうなったら八田と同じまな板に乗ることとなる。八田と同様に一生泥まみれになる。

一時の優柔不断から逃れられない立場になった相生は鳴子を消すことに思い至った。手段はどうする？　殺人など考えたことも無かった相生に殺人手段を考える才覚は無い。手っ取り早いのは八田の使った手を真似することだ。あの方法は完璧だ。相生は考えた。残留物は霧だけだ。現行犯でなければ捕まえることはほとんど不可能だ。今は冬だ。黒いコートに大きなマスクを掛け、スプレーすると同時に細小路に逃げ込めば見つかる心配はない。

よし、あの方法にしよう。問題は青酸カリだ。どうやって手に入れるかだ。そうだ、青酸カリは研究室の試薬棚にある。前の教授が真鍮製の機械部品の錆び落としに使ったものだと聞いたことがある。あれを水に溶いてスプレー容器に入れれば良い。

相生は薬局に行って細身のスプレー容器を買って来ると、研究室から持ち出した青酸カリを水に溶かし、容器に入れて準備した。それを持って鳴子と約束した名古屋の栄にある喫茶店に出かけた。如何にも新聞記者が好みそうな小さな暗い喫茶店だった。遅れて入ってきた鳴子と共にコーヒーを注文し、小さく包んだ札束を渡した。

鳴子が札束を鞄に入れるのを見届けると相生は一足早く店を出た。物陰で鳴子がでてくるのを待つとそのまま鳴子の後をつけ、細小路に差し掛かった所で追い抜きざまに顔にスプレーをかけた。ウッと言って倒れて膝をついた鳴子から鞄を奪うと細小路に駆け込み、また車通りに出るとタクシーを拾い、そのまま名古屋駅から名鉄で岐阜に帰った。現場は誰にも見られなかった。相生は安心していた。

みなさん、安息香です。学長選の争いから大変な事件に発展してしまいました。亜澄先生は巧妙なトリックをどのように解決するのでしょうか？　それではトリック解明編をお楽しみください。

トリック解明編

「先生、先日のニュース見ました?」

「何のニュースだ?」

「顔に青酸カリの水溶液を拭きつけられて亡くなった事件ですよ」

「ああ、あの事件か。確か美濃大学の先生だったよな。あんなことやられたらひとたまりもないよな。すれ違いざまにシュッと一息だろ」

「そうですよね。防止するにはどうしたら良いんです? マスクですか? 風邪の防止でなく青酸カリの防止にマスクですか。大変な世の中ですね」

「ガーゼのマスクくらいでは霧になった青酸カリの水溶液を防止するのは難しいんでないのかな? 相当な濃度の霧になってるはずだからな」

「すると防毒マスクですか?」

「防毒マスクを付けて街を歩くのか? なんか、不気味な街になるな。防毒マスクを付けたカップルなんてのはロマンチックじゃないな」

「何をくだらないことを言ってるんですか。先生、今朝の新聞見ました?」

「なんか載ってたか?」

「小さな記事だったんで見つけなかったかもしれないんですが、栄でスプレー事件が起きたんですよ」

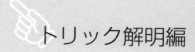

「なんだ？　名古屋の栄でか？　また誰か亡くなったのか？」

「いや今度は死者は出ませんでした。スプレーを掛けられた顔に炎症が出来たそうです。薬品性の炎症だそうです」

「そうか、まずはその程度で良かったな。で、被害者は？」

「名古屋日報の新聞記者さんです」

「新聞記者か。なんで新聞記者がスプレーを掛けられるんだ？　炎症を起こしたってことはただの水ではないって事だろ？　何か化学薬品が入っていたってことだよな」

「それはそうでしょうね。でも最近はみんな皮膚が弱くなってますからね。アレルギーだアトピーだって、昔は聞いたことも無かったような病気が流行ってますからね。大した薬品でなくっても炎症くらい起こすかもしれませんよ」

「それなら、何でそんな大したことも無いような薬品をわざわざスプレーする必要があったんだろう？　ただのイタズラかな？　犯人はつかまったの？」

「いや、記事の段階では捕まってはいないようですね」

「なんだか訳のわからない事件だな。水銀に聞いてみるか」

　亜澄は友人の刑事、水銀に聞いてみることにした。

「やあ水銀、忙しいか？　ちょっと聞いていいか？」

「ああ、今丁度手がすいたところだ。何だ? 事件のことか?」

「今朝の新聞で見つけたんだが、栄でスプレーを掛けられた人が出たそうだな」

「ああ、そうなんだ。名古屋日報の学芸部の記者で、鳴子って人だ。昨日の夕方栄の喫茶店を出て歩いていたら、後ろから来た男に追い抜きざまにスプレーを掛けられたってんだな」

「そうか、被害は?」

「顔がヒリヒリするってんで救急車で病院に運ばれたが、大した症状ではないようだ。医者は薬品による炎症だと言ってるそうだが、薬品の種類はわからない。鞄が無くなってるんで強盗致傷の疑いで捜査中というところだ、犯人はまだ捕まっていない」

「そうか、スプレー事件と言うと、先日の美濃大学の教授が殺された事件を思い出すんだが、あれとの関連はどうなんだ?」

「我々も、事件の一報を聞いたときには、それを思い出してみんな色めき立ったんだ。しかしあれは青酸カリで被害者は死んでおり、盗まれた物も無いんだが、今回は炎症で、被害者は元気にしている。しかも鞄が奪われるっていう強盗も加わってるんで、この前の事件と直接の関係はないのではと思っている。あの事件を真似した強盗事件でないかってことだ」

「そうか、で、鞄の中身はなんだったんだ?」

「被害者は記事の原稿と資料だと言っている」

「そうか、記者は学芸部の記者と言うことだったな。それじゃ、社会問題になって誰かの損得に関係するような記事も無いだろうし、記事が目的の強盗ってこともないだろうな。なるほど、わかった。大したニュースでもないってことだな」

「ああそうだな。ただしそれは昨日の事件だ。その前の青酸カリは大変な事件だからな。何か情報があったら何でも教えてくれ。頼んだぞ」

亜澄の3年上の先輩が美濃大学の工学部に助教として勤めていた。亜澄はこの先輩に電話した。

「もしもし野波先輩ですか。お久しぶりです。亜澄です。お元気で何よりです」

「おお、亜澄君か。久しぶりだな、今名古屋だったな。どうだ、名古屋は慣れたか?」

「はい、おかげさまで。味噌カツ、味噌煮込みも美味しく食べれるようになりました」

「そうか、それは良かった。しかしその言い方では始めは抵抗があったのかな?」

「ええ、ま正直に言えば。味噌煮込みの麺の硬さには驚きました」

「そうだよね。初めて食べる人は生煮えかと思いそうだものね。ところでどうした?　何か用かな?」

「ええ、ちょっとお伺いしたいことがありまして。先日、先生の所の教授が青酸カリをスプレーされて亡くなりましたよね」

「ああそうだ、暫く学内はその噂ばっかりだったよ。それがどうかした?」

「いや、実は昨日、名古屋でもソックリな事件が起きまして。それでちょっとお話を伺えたらと思いまして、お電話しました」

「そうか、亜澄君は探偵のようにいろいろの事件を解決してるんだったものね。噂で聞いているよ。良いよ、僕が知ってる事だったら何でも話してあげるよ。岐阜にきなよ。岐阜と名古屋はJRの快速で20分だ。名古屋市内より近いよ」

「ありがとうございます。じゃ、早速お伺いします」


名古屋駅から岐阜駅まではJRの快速で丁度20分である。大学から大学までだって、バスの乗り継ぎさえうまく行けば1時間半ほどの時間である。美濃大学は岐阜駅から長良川を渡った近くにある。長良川の対岸には金華山があり、頂きには織田信長が一時居城とした岐阜城がそびえる。長良川は夏の鵜飼が有名である。

「おお、よく来たな亜澄君。何年ぶりだ？　君に会うのは？」

「もう10年近くになりますね。近くに居ながらご無沙汰して申し訳ありません」

「なに、それはお互い様だ。で、聞きたいことはスプレー事件だったね。あれは衝撃的だったな。亡くなった先生は学内でも有名な先生だったからね」

「有名と言いますと？」

「よくない言葉だけど、政治屋とか寝業師なんて言われてね。学内の勢力争いを渡り歩いているような先生だったんだよ。地方大学だとね、研究に見切りを付けて、そんな勢力争いに身を入れる先生も出て来るんだね。そんなことだから、あの青酸カリ事件もそれに関係があるんでないかって噂が飛び交ってね。大変だった」

「そうだったんですか。なにかそんな下地でもあったんですか?」

「ああ、実はうちの大学はね、来年、学長選があるんだよ。ところが現学長の岩塚先生は、高齢を理由に来年は出ないと宣言しちまったんだ。それで自薦他薦の学長候補が鎬《しのぎ》を削るって状態になってしまったんだ」

「そうですか。それで有力な候補はいるんですか?」

「ああ、居る。いや、居たって言った方がいいな」

「どういうことですか? 亡くなったんですか?」

「そうなんだよ。その先生は文学部長の高畠先生でね。うちの大学の出身だから、いわゆる閥の援護射撃がすごくてね。次期学長間違いなしと言われてたんだけどアッサリ亡くなっちゃった」

「アッサリと言うのは?」

「お酒の飲み過ぎだよ」

「エッ! お酒の飲み過ぎで死ぬんですか? 分別のある大人が?」

「そうなんだな。何でも研究室で好きなウイスキーを飲んで、飲み過ぎたってんで研究室の助教に送られて家に帰ってそれまで」

「それまでって？」

「朝、起きるのが遅いんで家人が見に行ったら布団の中で冷たくなっていたんだそうだ。医者の見立てはアルコール摂取による急性心不全ってことだそうだ」

「信じられないようなことですね」

「そうだよ、だからこの時も学内は騒然としたよ。誰か酒を無理強いしたんでないかってね」

「居たんですか？　そんな人が？」

「何でも研究室の助教の徳重先生と一緒だったと言う話だけど、僕もよくは知らない」

「そうですか。それでは、他の候補の先生ってのは？」

「下馬評では、文学部の八田教授と工学部の相生教授と言われてるね。相生教授は機械の研究をしているけど本学の出身でね。応援する人も多いんでないかな」

「そうすると、神澤先生が亡くなる前にも高畠先生が亡くなってると言うことですね」

「うん、そういうことになるね。だから、文学部長の選挙はあるし、学長の選挙はあるし、これから大学も賑やかになりそうだよ。はやく落ち着いて研究できる雰囲気になると良いんだけどね」

「そうですよね、我々研究者にはそれが一番ですよね」

「そのとおりだよ。それでどうなんだ、亜澄君の大学は？」

「おかげさまで、そこそこ研究は行える雰囲気です。目下、機能性有機化合物の研究を続けています」

「そうか、君が修士の頃から続けている研究だものね。大きくまとまるといいね。今度研究の話を聞かせてください」

「ええ、大歓迎です。ぜひ、うちの大学へもいらしてください。今日はお忙しい所をありがとうございました」


久しぶりに先輩と会って懐かしい時間を過ごした亜澄だった。同時に得るところ多い訪問でもあった。大学に戻ると亜澄は水銀に電話した。

「水銀か。実は先輩が美濃大学にいてな、今日久しぶりに訪ねていろいろ聞いてきた」

「エッ、先輩が美濃大学にいたのか？　それは好都合だったな、で何か情報は手に入ったか？」

「ああ、いくつかな。あそこでは今回の青酸カリ事件の前に、高畠って文学部長が死んでるんだな」

「エッ、そんな話は聞いてないぞ」

「そうだろう、というのはその人は病死みたいなもんだったからな」

「なんだ、病死みたいってのは？」

「酒の飲み過ぎで死んだんだよ」

「そうか、それで事件としては上がってこないんで我々も知らないんだな。しかしそれにしても教授ともあろう人が酒の飲み過ぎで死んだってのか?」

「ああ、俺もおかしいと思うけど、そう言うことになってるそうだ。学内では誰かが無理強いをしたんでないかって話もあるらしい」

「そうだとしたら事件の可能性もあるな」

「そのとおりだ。俺は事件の方だと思っている。というのは、あの大学では来年の学長選を控えて学内でどうもいろいろ取引が行われているようだ。そして、その酒で亡くなった学部長は学長選の最有力候補だったらしい」

「なに!　それは見過ごされないな」

「そうだろ。その上な、この前青酸カリで殺された教授は学内でも有名な政治屋だったたってんだな」

「そうか、これは学長選をにらんだ政治事件だな。おもしろくなったんでないか?」

「面白いかバカバカしいかは人それぞれだけどな。これは美濃大学の情勢を調べる必要があるぞ。とんでもないものが飛び出すかもしれない」

「そうだな、注意して調べてみよう。ほかに何かマークすべき人物なんかあるか?」

「ああ、まず、高畠教授と最後に研究室で一緒に酒を飲んだと言われる助教の徳重だな」

「なに、じゃ、この男が高畠に酒を無理強いして殺したのか?」

「いや、それは分からない。だからその辺を調べてくれって言ってるんだ」

「よしわかった。調べる。あとは誰だ。後は学長選の有力候補といわれる文学部の八田教授と工学部の相生教授だな」

「そうか、よくわかった。それで、今回の被害者の新聞記者の話は何かでなかったか?」

「いや、それは何も出なかった」

「そうか、いや、ありがとう、大変参考になった。早速調べてオマエに教える、待ってろよ」


「水銀さん、また張り切ってるようですね」

　脇で聞いていた安息香が言った。

「全く水銀は疲れを知らない猟犬みたいな男だ。刑事になるためにうまれてきたような男ってとこだよ」


　数日後、水銀から電話が入った。

「おお、亜澄、おかげさんでいろいろわかったぞ」

「そうか、どうだった?」

「まず、高畠にウイスキーを飲ましたという徳重だがな、それは間違いだった。飲ましたのは八田だった」

「なんだって、八田って言えば学長候補2番目の男だろ？」

「そうなんだ。そいつが高畠にウイスキーを奨めたんだ。徳重はその結果悪酔いをした高畠を自分の車で家に送っただけなんだな」

「そうか、で、送り届けられた高畠は翌朝には死んでいたってんだな」

「そういうことだ。医者は飲み過ぎの急性心不全ってことで死亡診断書を出した。だから、素通りで荼毘で葬式よ。証拠も何もあったもんじゃない」

「そうか、残念だったな。そう言う死に方では解剖なんかするはずも無いしな」

「そういうことだ。で、学長選だが、八田と相生がデッドヒートってとこらしいな。どうも経営陣の誰かが八田を応援しているらしい。それに対して美濃大学出身が作る美濃閥は相生を応援している。そしてその筆頭が青酸カリで殺された神澤だったって話だ」

「なんだ、じゃ話は簡単だ。八田が高畠を殺し、それを嗅ぎつけた神澤を八田が殺したってことだな」

「筋書きはそうなんだが、なんせ証拠が何も無い。高畠はウイスキーの飲み過ぎってことになってるんだが、徳重によれば飲んだのは八田の持ってきたボトルの三分の一だってんだ。二人で飲んだんだから一人六分の一だ。悪酔いする量じゃない。飲み残しはそのまま置いてあったから我々が調べた、何の毒も入ってない。ということは、高畠が死んだのは体調のせいだとしか言いようがない」

「そうかもしれないな。で神澤の件はどうなんだ?」

「こちらは鑑識の調べだが、スプレーされたのは青酸カリ水溶液。顔の他に口内に強い炎症が有ることから、倒れた後に口内にしつこくスプレーされた可能性がある。殺意は強いな」

「そうか。俺は高畠は殺されたと思う。症状から見て毒物は多分コニインだ。もし医者が高畠の血液を残していたら鑑識で調べてくれ。それから神澤の件だが、話の流れから行って、オマエの言うような強い殺意を持っている男は八田以外に居ないと思う。八田のアリバイが問題だな。徹底的に洗って見ろ。何か出るぞ。

それからな、意外と重要なカギを握ってるのが、あの記者だぞ。今は被害者面してるが、叩けばボロボロ出るんでないかな。犯人にとって下手な証拠より困る情報を握ってると思う。しつこく、細かく問いただしたら、きっととんでもないことを言い出すぞ」

「亜澄、凄いな。なんか神がかりな感じがする。わかった、言われた通り調べて見る」

脇で聞いていた安息香が感激したように言った。

「先生、私、初めて先生の真面目な顔を見たような気がしました。凄いです。尊敬します。先生は大学に居て、研究以外のことに憂き身をやつす人が許せないんですね。さすが私の先生です。先生についていて幸せだったと思います」

「バカ、何を言ってるんだ。俺は犯人が許せないだけだ。犯罪を犯したら罰せられなければならない。それだけだよ。研究だって同じだろ。そこに事実があるんだ。だったらその原因と理由を明らかにしなければならない。それだけだよ」

数日後、水銀から連絡がきた。

「亜澄、オマエ大したもんだよ。高畠の血液は主治医が鑑識に渡していたよ。鑑識が調べても、微量成分は何だかわからなかったんだが、オマエに言われてコニインと鑑定検査したら、間違いなくコニインであることが証明された。したがって高畠の死はコニインによる毒殺と断定された。犯人は最後に高畠と飲んだ八田以外に無いだろうな。

青酸カリの件では、八田のヤツ、なんだかんだとアリバイを並べたが問題にならん、家宅捜索の結果、スプレーが見つかり、そこに青酸カリが検出された。これで決まりだ」

「そうか、やはり八田が二人を殺していたか。早生畑大学に居れば立派な研究をしたんだろうけどな、変な誘惑に負けて美濃大学に来たのが間違いのもとだったな」

「そう言うことだな。それで、名古屋栄のスプレー事件、あれはどういうことだったと思う？」

「あれか？　あの記者は学芸部だったろ。たぶん、美濃大学の内情に踏み込み過ぎたんだろ？八田の犯行を嗅ぎつけて八田を脅迫して、八田の返り討ちにでもあったんでないのか？」

「残念でした。なんと、あの犯人は相生だった。記者の鳴子は余計な事を考えた挙句、相生を脅したんだな。既に二人も殺している八田を怖くなったんでないかな？　それで脅しやすい相生を脅したと言うんだ。そうしたら気の弱い相生が脅しに負けた。しかし相生に人の殺し方なんか知ってるわけないから、八田の真似をして青酸カリのスプレーにしたってわけだ」

「青酸カリはどうやって手に入れたんだ?」

「相生の前の教授が、真鍮の機械部品の錆び落としに使った青酸カリが研究室の試薬棚に残っていたのでそれを使ったって言っていた。しかし、なぜ記者の鳴子が死ななかったのか不思議そうにしていたぞ」

「そんなこと、化学を知っていたら常識だ。青酸カリは空気中に長く放置すると、人畜無害の炭酸カリウムに変化するんだ。人畜無害とは言ってもアルカリ性だからな皮膚が弱かったら炎症くらいは起こすな」

「そう言うことか。おかげさんで万事解決だ。ありがとうよ。これで俺も東海地方派遣を100点満点で乗り切ることができたようだ。東京に帰る時には盛大にお礼の会を開くぞ。楽しみにしていてくれ」

「おお、楽しみにしてるぞ。安息香と一緒に行くからな」

「あたりまえだ」

化学解説編

【青酸カリ】

青酸カリと言えばあまりに有名な毒薬であるが、青酸カリが使われるのは推理小説くらいで、実際に青酸カリを用いた犯罪は、最近はほとんど起こっていないようです。しかし、過去には非常に有名な事件が起こっている。いわゆる「帝銀事件」です。

事件は終戦間もない１９４８年1月26日に東京の地方銀行「帝国銀行」でおきた。店を閉めて間もない午後3時5分、東京都の保健所員の姿をした犯人が銀行に現われ「この近くで伝染病の赤痢が発生したので、皆さんに予防薬を持ってきました。予防薬は二種類あり、両方を飲まなければなりません」といって、行員など16人を壁際に並べ、全員に茶碗を渡しました。

先ず最初の薬を全員の茶碗に注いで全員に飲ませた後、第二の薬を全員の茶碗に入れました。入れ終わった所で全員が飲んだ途端、全員が苦悶しました。ある人はその場で倒れ、ある人は台所で水を飲んで倒れ、結局10人がその場で亡くなりました。

助かった一人が外に出て助けを呼んだことから大騒ぎとなり、大勢の人が銀行内になだれ込んだため、証拠品は散逸してしまったと言います。銀行の被害は現金16万円と額面2万円の小切手でした。小切手は翌日換金されていました。また、助かった6人のうち2人はその後亡くなり、死亡者は12人となりました。

解剖の結果、毒物は青酸化合物であることがわかりました。犯人はなかなか見つかりませんでしたが、事件から7カ月ほど経った後、北海道の小樽で犯人が捕まりました。名の知れた日本画家の平沢貞道でした。平沢は当初頑強に犯行を否認しましたが、とうとう調べに屈して犯行を自白しました。

しかし、裁判になると平沢はまたもや犯行を否定しました。証拠は何もありません。警察は毒物は青酸カリとしましたが、その入手経路は明らかにできませんでした。戦後間もない時だから、その辺のメッキ工場の廃屋から盗んできたのであろうと、ということで片付けられたのです。現在の裁判なら考えられないずさんさですが、当時は昔の刑事訴訟法が生きていました。それによれば自白は証拠の女王とされたのです。

平沢は最高裁まで争いましたが、死刑が確定しました。しかし、その後も再審請求を繰り返し、ついに１９８７年5月10日、医療刑務所で肺炎のため獄死しました。95歳でした。逮捕から39年、死刑確定から32年が過ぎていました。

この事件は戦後最大の冤罪事件と言われます。まず、毒物がおかしいのです。青酸カリは即効性です。致死量を飲んだらその場で息絶えます。台所へ水を飲みに行くのは不可能です。水を飲みに行った人はもともと致死量を飲んでいなかったのです。死ぬはずが無いのです。水を飲みに行ってから死んだというのは、飲んだ毒物は遅効性の毒であり、青酸カリではないということを意味します。

それでは毒物は何だったのでしょう？ 遅効性の青酸化合物。一つ可能性があります。シアンヒドリンです。これは青酸カリを原料として作る化学薬品ですが、胃酸に含まれる塩酸に会うと分解して猛毒の青酸ガスを発生します。ただし、ガスを発生するまでに少々の時間が掛かります。

ところがシアンヒドリンは特殊な薬品であり、化学に素人の平沢が手に入れることのできるような物ではありません。大学の化学科へ盗みに行ったとしても、まず見つけることは不可能でしょう。それくらい特殊な試薬です。

警察は真犯人の目星を付けていたと言われます。それは旧日本軍の関東軍(旧中国満州地方に展開した部隊)に属した731

◉シアンヒドリンの反応

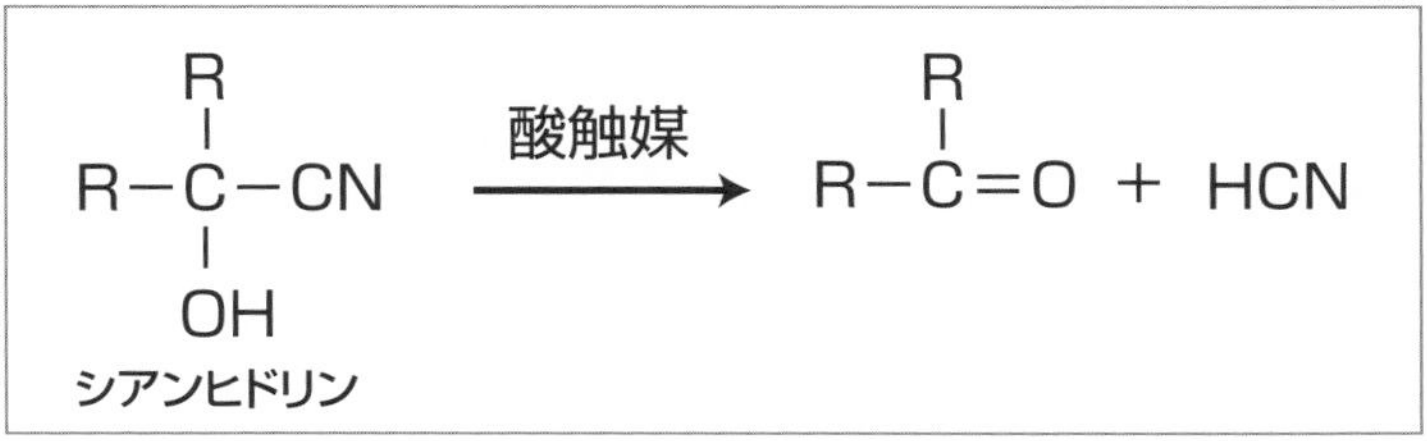

部隊、通称石井部隊の隊員です。石井部隊は軍医石井四郎中将をトップにした化学研究部隊で、化学兵器、生物兵器を秘密裏に研究していたと言われます。この部隊の生き残りなら、化学薬品に詳しく、犯行を行うことが可能と思われます。

ところが、この男を逮捕する寸前のところで進駐軍（ＧＨＱ）から停止命令が出たのではないかというのです。理由は朝鮮動乱です。この戦争に備えるために進駐軍は石井部隊の研究したデータが欲しかったのだと言います。そこで、それと取引するために逮捕を阻止したと言うのです。

以上は松本清張の「日本の黒い霧」の中に書いてあることの要約です。今となっては本当のことは闇の中です。私にとっては青酸カリと帝銀事件は一体です。

サイエンスミステリーシリーズ 好評発売中!

化学知識をさらに深めたい人向けに使われた化学トリックを詳細に解説!

サイエンスミステリー
亜澄錬太郎の事件簿❶
創られたデータ

ISBN：978-4-86354-187-0
本体1,500円+税　B6判

サイエンスミステリー
亜澄錬太郎の事件簿❷
殺意の卒業旅行

ISBN：978-4-86354-188-7
本体1,500円+税　B6判

サイエンスミステリー
亜澄錬太郎の事件簿❸
忘れ得ぬ想い

ISBN：978-4-86354-229-7
本体1,530円+税　B6判

サイエンスミステリー
亜澄錬太郎の事件簿❹
美貌の行方

ISBN：978-4-86354-271-6
本体1,730円+税　B6判

サイエンスミステリー
亜澄錬太郎の事件簿❺
［新潟編］**撤退の代償**

ISBN：978-4-86354-279-2
本体1,730円+税　B6判

業界初

3通りで楽しめる化学読本

お求め・ご予約は、お近くの書店、Amazonまたはネット書店、弊社通販サイト　本の森.JPにて、ご注文をお願いいたします。

■著者紹介

齋藤《さいとう》　勝裕《かつひろ》

名古屋工業大学名誉教授、愛知学院大学客員教授。大学に入学以来50年、化学一筋できた超まじめ人間。専門は有機化学から物理化学にわたり、研究テーマは「有機不安定中間体」、「環状付加反応」、「有機光化学」、「有機金属化合物」、「有機電気化学」、「超分子化学」、「有機超伝導体」、「有機半導体」、「有機EL」、「有機色素増感太陽電池」と、気は多い。執筆暦はここ十数年と日は浅いが、出版点数は150冊以上と月刊誌状態である。量子化学から生命化学まで、化学の全領域にわたる。更には金属や毒物の解説、呆れることには化学物質のプロレス中継?まで行っている。あまつさえ化学推理小説にまで広がるなど、犯罪的?と言って良いほど気が多い。その上、電波メディアで化学物質の解説を行うなど頼まれると断れない性格である。著書に、「SUPERサイエンス 身近に潜む食卓の危険物」「SUPERサイエンス 人類を救う農業の科学」「SUPERサイエンス 貴金属の知られざる科学」「SUPERサイエンス 知られざる金属の不思議」「SUPERサイエンス レアメタル・レアアースの驚くべき能力」「SUPERサイエンス 世界を変える電池の科学」「SUPERサイエンス 意外と知らないお酒の科学」「SUPERサイエンス プラスチック知られざる世界」「SUPERサイエンス 人類が手に入れた地球のエネルギー」「SUPERサイエンス 分子集合体の科学」「SUPERサイエンス 分子マシン驚異の世界」「SUPERサイエンス 火災と消防の科学」「SUPERサイエンス 戦争と平和のテクノロジー」「SUPERサイエンス 「毒」と「薬」の不思議な関係」「SUPERサイエンス 身近に潜む危ない化学反応」「SUPERサイエンス 爆発の仕組みを化学する」「SUPERサイエンス 脳を惑わす薬物とくすり」「サイエンスミステリー 亜澄錬太郎の事件簿1　創られたデータ」「サイエンスミステリー 亜澄錬太郎の事件簿2　殺意の卒業旅行」「サイエンスミステリー 亜澄錬太郎の事件簿3　忘れ得ぬ想い」「サイエンスミステリー 亜澄錬太郎の事件簿4　美貌の行方」「サイエンスミステリー 亜澄錬太郎の事件簿5［新潟編］撤退の代償」（C&R研究所）がある。

編集担当 ： 西方洋一 ／ カバーデザイン ： 秋田勘助（オフィス・エドモント）
写真：©fotek - stock.foto

サイエンスミステリー
亜澄錬太郎の事件簿6［東海編］　捏造の連鎖

2020年6月1日　　初版発行

著　者　齋藤勝裕
発行者　池田武人
発行所　株式会社　シーアンドアール研究所
新潟県新潟市北区西名目所4083-6(〒950-3122)
電話　025-259-4293　FAX　025-258-2801
印刷所　株式会社　ルナテック

ISBN978-4-86354-306-5 C0047

©Saito Katsuhiro, 2020　　Printed in Japan

本書の一部または全部を著作権法で定める範囲を越えて、株式会社シーアンドアール研究所に無断で複写、複製、転載、データ化、テープ化することを禁じます。

落丁・乱丁が万が一ございました場合には、お取り替えいたします。弊社までご連絡ください。